Ma rencontre avec Violet Park

Jenny Valentine

Ma rencontre avec Violet Park

Traduit de l'anglais par Diane Ménard

Médium
l'école des loisirs
11, rue de Sèvres, Paris 6e

Titre de l'édition originale : « Finding Violet Park »
(Harper Collins Children's Books, Londres)
Loi n° 49.956 du 16 juillet 1949 sur les publications destinées à la jeunesse : mars 2010
Dépôt légal : mars 2010
Imprimé en France par CPI – Firmin Didot à Mesnil-sur-l'Estrée (98469)

ISBN 978-2-211-09222-7

Pour Alex et son Cœur de Tardis

I

Le bureau de la compagnie de taxis se trouvait en haut d'une ruelle pavée, bordée de part et d'autre de rangées de maisons basses. C'est là que je rencontrai Violet Park pour la première fois, ce qui en restait, en tout cas. Il y avait un centre de santé tout près – un nom plutôt ronflant pour un endroit à la porte marron délabrée, sans véritable poignée, et sur laquelle étaient fixés des chiffres en bois en forme de clowns. Le 3 du nombre 13 était un w tourné sur le côté. Je me dis que c'était un peu triste, et en même temps ça me plaisait.

D'habitude, je ne prends jamais de taxi, mais il était cinq heures du matin, j'étais trop fatigué pour marcher, et je venais de trouver un billet de dix livres dans ma poche. J'entrai donc dans le bureau de la compagnie de taxis à la recherche d'une voiture qui me ramène chez moi, quand je fis la rencontre la plus étrange de ma vie.

En fait, ces dix livres ne m'appartenaient absolument pas. Ma sœur Mercy m'avait – sans me demander mon avis – emprunté mon manteau la veille au soir, bien que les vêtements de garçon ne lui aillent pas, et que ce manteau ait au moins deux tailles de trop pour elle. Elle était furieuse contre moi à propos de cet argent. Je lui ai répondu qu'elle devrait peut-être considérer que je lui avais loué mon manteau, et que le monde serait sans doute plus agréable à vivre si les gens arrêtaient de prendre les choses qui ne leur appartiennent pas.

C'est drôle quand on y pense, ces moments clés de la vie, ces choses qui arrivent par hasard, et qui finissent par être déterminantes. Parfois, quand je dois décider quel chemin prendre, disons pour aller au cinéma dans le quartier de Camden, par exemple, il me semble que si je me trompe de rue, je vais avoir des ennuis, puisque je me trouve dans un endroit où je n'aurais jamais été si j'avais fait un choix plus intelligent. Cette façon de penser peut rendre les décisions vraiment très difficiles à prendre, car je me demande toujours ce qui serait arrivé si j'avais fait un autre choix. Comme le dit mam, dès qu'elle a épousé papa, elle s'est rendu compte que c'était une erreur. Tandis qu'elle redescendait l'allée centrale de l'église, elle avait eu l'impression de se voir elle-même, encore célibataire, dans l'arche du portail de l'église, dehors au soleil, en train de danser, insouciante, et soudain, elle avait eu envie de cracher. J'aime bien me représenter ma mère, habillée comme une meringue avec sa haute coiffure laquée, accrochée au bras de mon père, s'imaginant cracher sur le tapis de l'église. Ça me fait toujours sourire.

Quoi qu'il en soit, Mercy avait décidé d'emprunter mon manteau, et elle avait oublié de décider d'enlever son argent de ma poche. J'avais donc décidé de passer toute la nuit en compagnie de mon ami Ed dans l'appartement très chic de sa mère (Miss Danemark 1979, avec cours de diction), puis j'avais fait le choix de prendre un taxi.

Il faisait sombre dans ces ruelles, tout était d'un bleu-noir, faiblement éclairé par la lueur orangée des réverbères de l'avenue un peu plus loin, c'était quasiment l'aube, et comme hors du temps. Mes chaussures résonnaient si fort sur le pavé que j'avais l'impression d'avoir remonté le cours des ans, et de me trouver dans un quartier chaud de l'époque victorienne. Lorsque j'entrai dans le bureau de la compagnie de taxis, je vis que c'était moderne et passablement laid. L'un des trois tubes au néon vacillait au plafond, mais les deux autres fonctionnaient parfaitement, et leur lumière trop vive me fit mal aux yeux. Elle donnait à tout le monde l'air malade, un teint grisâtre, les yeux cernés. Il n'y avait pas d'autres clients, uniquement les chauffeurs somnolents, qui attendaient la prochaine course, en fumant des cigarettes à la chaîne ou en lisant des journaux vieux de trois jours. Une carte de Chypre encadrée était accrochée à un mur, et un de ces chauffages au gaz censés être portables, reliés à une énorme bombonne derrière, occupait un coin de la pièce. Nous en avions eu un comme ça à l'auberge de jeunesse où nous étions allés lors d'un voyage scolaire aux Brecon Beacons l'année dernière. Ces trucs-là ne sont absolument pas portables.

Le contrôleur était dans son petit box, auquel on accédait par quelques marches, un box vitré d'où il pouvait voir tous les autres, et il était évident que c'était lui qui faisait la loi. Il parlait avec un cigare à la bouche, et comme la fumée lui montait aux yeux, il plissait les paupières. Le cigare montait et descendait tandis qu'il discutait, et on voyait qu'il se prenait pour Tony Soprano ou quelqu'un du même genre.

Tous les regards convergèrent vers moi quand j'entrai, car ma présence était comme un petit événement dans leur ennuyeux travail de nuit. Je me sentis soudain pris de vertige, j'avais chaud et froid, chaud et froid. Je suis plutôt grand pour mon âge, mais tandis qu'ils me fixaient tous, assis sur leur chaise, j'avais l'impression d'être une sorte de géant bizarre. Le seul qui ne me regardait pas, c'était Tony Soprano, je fixai donc mon regard sur lui, et je souris pour que tout le monde voie que j'avais des intentions pacifiques et que je n'étais pas venu chercher des ennuis. Il mâchonnait son cigare, s'ingéniant à le faire tourner entre ses dents, et recrachait la fumée si fort que son petit box en était rempli. Je me dis que si je restais là assez longtemps, je le verrais peut-être disparaître, comme dans un tour de magie involontaire. La fumée se frayait un chemin à travers les fissures ou les joints de sa tour de contrôle en mezzanine, et elle commençait à me donner mal au cœur. Je parcourus la pièce des yeux, toujours en souriant, pour avoir autre chose à regarder.

C'est alors que je vis Violet pour la première fois. Je dis « Violet », mais j'anticipe, car à ce moment-là, je ne connaissais même pas son nom, et ce que je vis vraiment, c'était l'urne qui la contenait.

L'urne était la seule chose, dans cet endroit, qui valait la peine d'être regardée. Peut-être ai-je trouvé cette urne tout simplement parce que j'étais resté éveillé toute la nuit, que j'avais besoin de me concentrer sur quelque chose qui m'empêche de dormir debout, je ne sais pas. À mi-hauteur sur un mur revêtu de bois, dans le style cabane en rondins, était fixée une étagère, sur laquelle traînaient des magazines et une tasse avec sa soucoupe, dans le genre de celles qu'on voit dans les églises ou les hôpitaux. À côté, il y avait cette urne, sauf qu'à ce moment-là, je ne savais pas que c'en était une, je pensai à une sorte de trophée, à un récipient contenant des biscuits, ou à quelque chose comme ça. Elle était d'un bois veiné, brillant, qui prenait la lumière et la renvoyait vers moi. Je la contemplai, essayant de comprendre ce que c'était exactement. Je ne remarquai pas qu'on était en train de me parler, jusqu'à ce que je sente très fort l'odeur du cigare, et que je réalise que le gros contrôleur, n'ayant pas réussi à attirer mon attention en tapant sur sa vitre, avait fini par ouvrir sa porte.

– Tu n'es quand même pas venu pour elle ? me demanda-t-il.

Je ne compris pas ce qu'il voulait dire, contrairement aux chauffeurs qui éclatèrent tous de rire en même temps. Alors, je ris, moi aussi, parce que ça m'amusait de les voir hilares, et je demandai :

– Qui ?

Le cigare monta et descendit vers son menton à chaque syllabe, tandis que le contrôleur indiquait l'étagère d'un signe de tête :

– La vieille dame dans la boîte.

Je continuai à rire, mais je ne sais plus vraiment si je trouvais ça drôle.

Je hochai négativement la tête, et comme je ne savais pas quoi ajouter, je dis :

– Non, j'ai besoin d'un taxi pour aller à Queens Crescent, s'il vous plaît.

Un chauffeur nommé Ali se leva, et je le suivis dehors, jusqu'à sa voiture. Je marchai derrière lui, en descendant la ruelle, jusqu'à un endroit plus large de l'avenue.

Je demandai à Ali ce qu'il savait de la femme morte qui se trouvait sur l'étagère. Il me répondit qu'elle s'y trouvait déjà avant qu'il commence à travailler là, dix-huit mois plus tôt. Quelqu'un l'avait laissée dans un taxi, et n'était jamais venu la chercher. Il ajouta que si je voulais connaître toute l'histoire, je devrais parler au patron, dont j'oubliai immédiatement le nom, car pour moi, c'était toujours Tony Soprano.

Le soleil se levait, et les immeubles éclairés par-derrière ressemblaient à leur propre ombre. Je me demandai : comment peut-on finir sur l'étagère du bureau d'une compagnie de taxis pour l'éternité ? J'avais entendu parler du Purgatoire, l'endroit où l'on attend lorsque le Paradis et l'Enfer ne sont pas sûrs de vouloir de vous, mais je n'avais jamais imaginé que ça pouvait signifier rester coincé à jamais dans une boîte, sur l'étagère d'Apollo Cars. Je ne pouvais pas m'ôter cette question de la tête, je sentis qu'elle s'enfouissait dans un coin sombre de mon crâne, en attendant de ressurgir plus tard.

Quand j'y repense aujourd'hui, je m'aperçois qu'une fois encore tout est une question de décision. Mon meilleur moi n'est pas monté dans la voiture, ce matin-là. Mon meilleur moi est retourné directement chez Apollo Cars, pour sauver Violet de la fumée de cigare, du radio-taxi, du café en poudre et de la conversation d'hommes qui auraient quand même pu s'abstenir de parler comme ça devant une vieille dame. Ensuite, après l'avoir sortie de l'espace confiné de ce bureau, mon meilleur moi l'a délivrée de son pot en bois, et l'a libérée aux quatre vents, au-dessus de la crête de Primrose Hill, à la lumière du soleil levant.

Mais mon vrai moi, celui qui est décevant, est monté dans la voiture avec Ali, lui a donné l'adresse de ma maison, et a laissé la vieille dame toute seule.

Je m'appelle Lucas Swain, et j'avais presque seize ans quand tout a commencé, la nuit où je suis resté trop tard chez Ed, et où j'ai rencontré Violet dans son urne. Quelques renseignements sur moi, si ça vous intéresse. J'ai une mère du nom de Nicky, un père (quelque part) du nom de Pete, et une grande sœur, Mercy, celle qui emprunte les vêtements des autres, et à laquelle j'ai déjà fait allusion. Ça doit bien faire six ans qu'elle se moque de tout, avec son ton sarcastique, et en ce moment, elle atteint des sommets.

J'ai aussi un petit frère, appelé Jed. À propos de Jed : chaque fois que je l'emmène à l'école, il a quelque chose d'amusant à me raconter. Nous sommes toujours au même endroit lorsqu'il commence, dans la dernière ligne droite avant de tourner dans Princess Road. On devine que Jed a eu une idée avant, quand il meurt d'impatience d'arriver là, alors que les jours où il peine à en trouver une, il traîne des pieds, et nous arrivons en retard, ce qui ne nous dérange ni l'un ni l'autre, d'ailleurs. Le mot de la fin de son histoire, c'est sa façon à lui de me dire au revoir. Un autre aspect que j'aime bien chez Jed, c'est qu'il n'a jamais connu notre père, et que ça ne le gêne pas. Papa a disparu juste avant sa naissance, ils ne se sont donc jamais vus. Mon petit frère ne le connaît pas du tout.

C'est ça le problème avec papa : il y a beaucoup de choses qu'on ne connaît pas. Mam lui reproche de nous avoir abandonnés, et j'écoute à moitié quand elle en parle, j'approuve parce que ça lui fait du bien. Mais j'ai bien peur qu'elle soit injuste, parce que s'il a été renversé par un autobus, s'il est resté coincé dans un immeuble en feu, ou s'il est tombé d'un avion, comment aurait-il pu nous le faire savoir ?

J'ai vu un film un jour sur un extraterrestre qui était arrivé sur la Terre sous une forme humaine, dans un hôpital psychiatrique. Il avait plein de choses extraordinaires à enseigner aux hommes et il continuait d'expliquer aux médecins qui il était, d'où il venait, et ce qu'il pouvait offrir en matière de connaissances sur l'univers et autre, mais les médecins ont simplement pensé qu'il était fou, l'ont bourré de médicaments, et l'ont gardé à l'hôpital jusqu'à sa mort. Peut-être qu'il est arrivé quelque chose du même genre à mon père. Peut-être qu'il ne désire qu'une chose, nous appeler, que ça dure depuis cinq ans, qu'il est enfermé quelque part, sans avoir le droit de téléphoner, et qu'il attend que nous le retrouvions. Ce genre de pensées, avec des variantes, me traverse l'esprit au moins une fois par jour.

Comme je l'ai dit, c'est le fait de ne pas savoir qui est dur.

II

Ali me déposa, et bien qu'à la maison tout le monde ait été sur le point de se lever, j'allai tout droit me coucher. Mam passa une ou deux fois dans ma chambre en pyjama, en me lançant son regard spécial du genre « C'est à cette heure-là que tu rentres ? », mais je fis semblant de ne pas m'en apercevoir.

Je restai allongé pendant une éternité, sans réussir à m'endormir. Mam chantonnait un air vraiment ringard qui passait à la radio. Mercy avait trouvé mon manteau dans l'escalier, et elle claquait les portes en râlant à propos de l'argent que je venais de dépenser, mais ce n'était pas ce qui me maintenait éveillé. Ce bruit, cette agitation étaient parfaitement normaux pour un samedi, et d'habitude, ça ne m'empêche pas de dormir. Chaque fois que je fermais les yeux, cependant, l'urne était là sur son étagère sordide, elle semblait me regarder avec fureur ce qui était plutôt dérangeant et me forçait de nouveau à ouvrir les yeux. J'avais l'étrange sensation d'essuyer les reproches d'une urne.

Je sortis de mon lit, me rhabillai, et allai me promener sur la lande. C'était une très belle journée, grand ciel bleu, couleur d'automne, air pur et une brise vivifiante qui me firent oublier que je manquais de sommeil, mais je n'arrivais pas à me détendre. Cette partie de la lande est couverte d'énormes corneilles. Elles ont des pattes puissantes, et elles marchent en regardant leurs pattes comme si elles n'en revenaient pas de les voir si grosses. Elles ressemblent toutes à des actrices qui tiendraient leurs mains derrière leur dos, répétant le passage de cette pièce de Shakespeare dans laquelle le roi dit : « À présent, l'hiver de notre mécontentement… »

Je les observai pendant un moment, puis je montai sur la colline aux cerfs-volants, et mangeai une pomme. On voit tout Londres ou presque, d'ici : Saint Paul, la tour Telecom, les gratte-ciel de Canary Wharf, et les quais. Il y avait quelques joggeurs sur la piste en contrebas, beaucoup de promeneurs de chiens et de petits enfants, mais peu de vieilles dames, ce qui m'amena à me demander comment les personnes âgées qui habitent Londres pouvaient occuper leur temps.

Que pouvait bien faire la vieille dame de la compagnie de taxis avant de ne rien faire de toute la journée dans son urne ?

Se levait-elle tôt, très tôt le matin, comme la plupart des vieux ? Mam dit que ça vient de leur morale du travail, de même que les hommes âgés portent des costumes et des cravates au lieu de pantalons de survêtements, que les vieilles dames font la queue devant les bureaux de poste une demi-heure avant qu'ils ouvrent, ou que leurs rideaux sont extrêmement propres. Mais le fait de se lever si tôt ne signifie-t-il pas qu'il faut remplir encore plus d'heures, alors qu'on est vieux ?

Avant, je n'avais jamais réellement réfléchi à ce que pouvait être la vie d'un retraité. Je me faufilais simplement entre eux sur le trottoir, et échangeais des sourires narquois avec mes amis en voyant leurs drôles de coiffures, leurs pantalons à taille haute, et le temps infini qu'ils mettaient à payer ce qu'ils avaient acheté, uniquement pour pouvoir parler à quelqu'un. Il y a une minute encore, ces pensées ne m'étaient jamais venues à l'esprit, et maintenant, j'étais vraiment et sincèrement préoccupé par ce que pouvait être la vieillesse, quand on est coincé à Londres, où tout le monde bouge plus vite que vous, et où la chose la plus simple peut vous prendre toute la journée.

C'était à cause d'elle. Je sais que c'était à cause d'elle, de ma vieille dame, de celle qui était morte et qui se trouvait dans l'urne.

Je me revois assis là, sur la colline, tandis que les cerfs-volants traversaient l'air avec un bruit cinglant derrière moi, me demandant soudain si nous n'étions pas en train d'avoir une sorte de conversation, elle et moi. Une vieille dame morte, du haut de son étagère, essayait de m'apprendre qui étaient les gens de plus de soixante ans. C'était une sensation agréable, à fleur de peau, comme celle qu'on ressent lorsqu'on écoute un super morceau de musique, qu'on plane un peu et qu'on est assis à côté de quelqu'un de très attirant. Je n'étais pas sûr de ne pas inventer tout ça, mais c'était sans importance. J'invente un tas de choses qui comptent pour moi : je m'imagine que les filles me trouvent irrésistible, je me crois aussi ténébreux et mystérieux que mon père, ou je me convaincs que mon père, justement, pourrait réapparaître à tout moment, là, tout de suite.

III

Je revins à la maison par le chemin le plus long, pour observer tranquillement ce qui se passait autour de moi. La rue où nous habitons est un endroit agréable, je trouve. Il y a un marché où l'on vend des fruits et légumes tous les jours, ainsi que d'autres choses le jeudi et le samedi, comme du poisson frais, des plumeaux, des vêtements de merde et un tas de trucs. Mercy pense que c'est de la marchandise volée, « tombée du camion », comme on dit. Une fois, un des types du marché s'est étalé dans la rue, et il a failli se faire écraser par sa propre camionnette. Alors, Mercy s'est exclamée : « Oh regarde, lui aussi, il est tombé du camion », et j'ai bien ri.

Le bout de la rue où se tient le marché est ce que ma mère et ses amis appellent « le coin louche ». Je ne sais pas quand ma mère est devenue si snob, décidant de ce qui est louche ou pas dans la vie. Nous sommes là uniquement parce que les parents de papa ont eu pitié de nous quand il a disparu, qu'ils nous ont laissé emménager dans leur maison, tandis qu'eux-mêmes allaient s'installer dans une résidence pour personnes âgées un peu plus loin.

Avant, nous habitions dans un trou à rat, et elle n'était pas snob du tout, à l'époque.

Une autre particularité de notre rue, c'est qu'elle s'appelle Queens Crescent, ce qui laisserait supposer qu'elle est en arc de cercle comme un croissant, alors qu'elle est complètement droite.

Nous occupons tout une maison, chose rare aujourd'hui dans cette partie de Londres. De plus en plus de gens s'entassent dans des espaces de moins en moins grands, comme à New York. Mam envisage souvent de vendre, et avec cet argent, d'aller s'installer en dehors de Londres où elle pourrait trouver beaucoup mieux. Les adultes passent un temps fou à discuter du prix des maisons, de ce qu'ils pourraient faire pour l'augmenter encore, en peignant leur cuisine couleur terracotta, par exemple, ou en installant une douche perfectionnée à jet superpuissant. On dirait qu'ils ne sont jamais contents de ce qu'ils ont et qu'ils pensent qu'ils seront plus heureux avec une autre salle de bains. Je ne sais pas pourquoi mam s'embête avec ça, alors qu'elle n'a pas l'intention d'aller où que ce soit.

Voilà comment je vois les choses :

D'abord, mam deviendrait folle à la campagne en moins de cinq minutes. Même quand nous avons passé une journée à Bath pour visiter les trucs des Romains, elle n'a pas cessé de faire des commentaires sur l'étroitesse d'esprit des provinciaux, et de dire qu'à la campagne personne n'a aucun « sens de l'espace ».

Jed aussi regretterait ses amis, Mercy piquerait une crise et quitterait la maison pour aller vivre dans le péché avec son copain dans une chambre meublée humide. Quant à moi, je n'accepterais pas non plus de partir si facilement.

Sans compter qu'on ne peut probablement pas obtenir beaucoup mieux ailleurs. C'est un truc que les agents immobiliers racontent parce qu'ils veulent mettre la main sur notre maison de famille.

En plus, il faut que nous soyons là quand papa reviendra, sinon il ne nous retrouvera jamais.

C'est ainsi que ça se passe, quand quelqu'un disparaît. On est piégé par le temps. On ne peut rien changer, en tout cas rien d'important, parce que ce serait comme abandonner tout espoir. Moi, j'ai beaucoup changé depuis qu'il est parti, j'ai grandi pratiquement d'un mètre, je me rase presque tous les deux jours, et mes cheveux sont plus longs. Peut-être qu'il ne me reconnaîtrait même pas s'il frappait à la porte et que je lui ouvrais, mais ça, je n'y peux rien. En revanche, je suis absolument opposé au fait de changer quoi que ce soit d'autre, juste au cas où…

Mon père était un type plutôt cool. Il est vraiment bien sur toutes les photos que j'ai vues. Il n'y a pas d'images de lui avec des bottes à talons, des vestes deux fois trop petites, ou des favoris ridicules, comme les pères des autres. Il semble être le seul à posséder cette parfaite aisance dans une pièce où les autres affichent de sérieuses fautes de goût.

Maintenant, je porte les costumes, les chemises, et les affaires de mon père, ça me va à peu près. Je n'ai pas laissé mam les jeter, parce que je m'attendais à ce qu'il revienne à tout moment. Et je suis plutôt fier d'avoir sa taille à présent, d'être presque aussi grand que lui quand il est parti, et d'avoir exactement la même pointure (quarante-trois), mais ça me fait mal au ventre aussi, parce que pendant tout le temps que j'ai mis à grandir, il n'est pas revenu.

Mam déteste que je porte les affaires de papa. La première fois que je l'ai fait, elle a éclaté en sanglots.

Elle dit que je ressemble déjà suffisamment à ce qu'il était lorsqu'elle l'a rencontré, et qu'elle plaint la fille qui tombera amoureuse de moi, parce que de son point de vue à elle, ça n'a pas vraiment été une partie de plaisir avec mon père.

La différence avec lui, cependant, c'est qu'il n'avait pas seulement l'air cool, il l'était vraiment, et ce n'est pas le fait de porter ses vêtements qui me rendra jamais comme lui, ni me permettra même d'approcher de ce qu'il était. Mon père était journaliste. Je me souviens de lui comme de l'homme qui, dans une pièce, attirait l'attention générale, et à côté duquel chacun voulait se mettre. Dans la même pièce, moi, je ressemblerais à celui que, personne ne remarque.

Mes parents ont sûrement été amoureux l'un de l'autre avant de se marier. Je pense qu'ils ont dû vivre leurs meilleurs moments avant que mam soit enceinte de Mercy. Tout le monde leur est tombé dessus parce qu'ils n'avaient pas la bague au doigt, et ils ont donc fait ce qu'il fallait avant que la future Mercy n'apparaisse de façon trop proéminente. Mam dit que ce n'est pas Mercy qui a gâté les choses, parce que papa était ravi de devenir père. C'est le fait de se marier qui l'a vraiment exaspéré, parce qu'il détestait se plier aux convenances.

Comment les gens peuvent-ils avoir envie de se marier, de toute façon ? Je ne vois pas comment quelqu'un peut se sentir assez sûr de lui pour faire une chose pareille. Je n'arrive pas à décider comment aller à l'école. Je n'arrive pas à choisir un plat dans un bistrot sans passer le reste du repas à me demander si ce n'était pas une erreur, si je n'aurais pas dû en prendre un autre. Et d'après mon expérience familiale (pièce à conviction n° 1 : grand vide là où aurait dû se trouver un père et mari), je ne suis même pas sûr que ça vaille le coup de s'en préoccuper.

Comment se fait-il donc que mam, comprenant que c'était une mauvaise idée de se marier au moment même où elle était dans l'église, n'ait pas eu la bonne idée de s'en rendre compte une semaine, un jour, ou ne serait-ce que dix minutes avant ? Je n'arrive pas à le comprendre. Quand je vois ce qui lui en reste après tant d'années, que je l'entends se plaindre en affirmant qu'elle ne peut même pas se rappeler avoir aimé papa, avoir désiré des enfants, ni quoi que ce soit, alors je trouve que ça n'a vraiment aucun sens.

Toute cette histoire m'incite à avancer dans la vie les yeux bien ouverts, au risque de ne jamais prendre aucune décision.

IV

Le lundi, au lieu de deux heures de géographie et de français, je retournai à la compagnie de taxis pour jeter de nouveau un coup d'œil sur l'urne. Il y avait beaucoup plus de monde dans les rues, les boutiques de l'avenue étaient ouvertes, et quelques batailles faisaient rage pour les dernières places de parking libres. Dans l'ensemble, le quartier était beaucoup moins attirant en plein jour, mais la ruelle elle-même était plutôt calme. Une femme arpentait la rue, et elle marchait à un drôle de rythme, quatre pas en avant – arrêt – debout sur la pointe des pieds – arrêt – trois pas en avant – arrêt, et quand elle arrivait en haut de la ruelle, elle faisait demi-tour et recommençait.

Au moment où je la dépassai, elle me dit :

– Excusez-moi, mais vous n'auriez pas une cigarette ? me dit-elle au moment où je la dépassai.

Elle m'avait fait sursauter, je répondis :

– Non, et je sortis mes mains de mes poches pour lui montrer que je n'en cachais pas.

C'était vrai, car je fume bien un peu d'herbe de temps en temps, mais je ne fumerai jamais de tabac, entre autres pour les raisons suivantes :

1. Ça ne fait pas planer. À quoi bon être dépendant de quelque chose qui tue, sans même vous faire rire, créer un état de bien-être, ni rien ?
2. Ça vous tue.
3. Ça sent mauvais.
4. Les cigarettes ne coûtent pas grand-chose à fabriquer, mais il y a un paquet de taxes qui atterrissent tout droit dans les poches du gouvernement,
   et qui l'engraissent. Ce qui signifie que les gens qui sont censés s'occuper de votre santé, qui sont censés assurer la cohérence du tissu social, tirent profit de quelque chose dont vous devenez dépendant, qui ne vous fait pas planer, et qui vous tuera. En plus, comme je n'ai pas encore l'âge de voter, j'évite au maximum de payer des taxes.
5. Mercy m'a dit quelque chose sur ces géants du tabac qui exploitent leurs paysans, et qui les paient une misère. Le copain de Mercy fume

des American Spirit, qui sont bio et issues du commerce équitable, si on peut concevoir qu'une cigarette soit bio.

6. Les cigarettes qui ne sont pas bio contiennent environ 250 toxines toxiques qui vous tueront aussi.

Je restai devant la compagnie de taxi Apollo Cars pendant un moment, et tandis que la femme faisait les cent pas derrière moi, j'essayai de réfléchir à ce que j'allais dire une fois à l'intérieur. Il y avait des stores vénitiens à la fenêtre, comme ceux qu'on voit chez les dentistes et dans les appartements branchés, de ceux qui sont faits en lamelles de carton plastifié, reliées par des chaînettes bon marché en petites billes d'acier. Les stores étaient vraiment sales, mais j'aimais la façon dont ils fragmentaient la vue à l'intérieur, comme si quelqu'un avait pris la photo d'un bureau d'une compagnie de taxis, et l'avait découpée en bandelettes. En faisant un pas à droite, je pouvais voir l'urne sur son étagère, en revenant à ma place, elle disparaissait de ma vue, et je pouvais alors apercevoir le profil de quelqu'un, ainsi que la première page de deux journaux différents. L'urne paraissait si précieuse, comparée à tout le reste, et si peu à sa place !

Si quelqu'un était arrivé dans la ruelle à ce moment-là, il serait tombé sur cette femme à la démarche démente, sur un garçon sautillant d'un pied sur l'autre, et il aurait probablement fait demi-tour.

Dès que j'entrai, j'eus conscience de ne pas avoir suffisamment réfléchi. Je n'étais pas préparé. J'entendais mon sang battre dans mes oreilles comme une pulsation. Pour commencer, j'étais resté dehors plus longtemps que je ne l'avais cru, et j'avais éveillé des soupçons. Tony Soprano avait déjà descendu la moitié de son petit escalier. Qu'il se souvienne de moi depuis l'autre nuit ou pas, il avait toutes les raisons de penser que j'étais un dingue. J'hésitais, dansant d'un pied sur l'autre, souriant comme un idiot. De toute façon, le fait de rendre visite aux restes d'une étrangère morte n'est pas la chose la plus sensée que j'avais jamais essayé de faire.

Il me demanda si je voulais un taxi, et je répondis non, puis il me tourna le dos, et je changeai d'avis : je dis oui, alors il se mit à rire, et me demanda si j'avais de l'argent, ce qui n'était pas le cas. Il me demanda donc de partir, et je sentis que ce n'était peut-être pas le meilleur moment pour lui demander des nouvelles de la dame morte. Il marcha droit sur moi – il était plus jeune qu'il ne le paraissait avec son teint cireux, ses poches grises sous les yeux et son haleine qui sentait le cigare.

Voilà, pour autant que je m'en souvienne, ma conversation avec Tony Soprano :

MOI : Pourquoi avez-vous hérité des cendres d'une dame morte ?

TS : Qu'est-ce que ça peut te faire ?

MOI : Elle est à vous ?

TS : Quoi ? (*Il regarde ses collègues.*) Quelle question !

MOI : Je veux dire : est-ce que vous la connaissez ? Est-ce que c'était une parente, ou quelque chose comme ça ?

TS : Non.

MOI : Qu'est-ce que vous allez en faire ?

TS : Faire de qui ? Ça ne te regarde pas, mon pote.

MOI : Eh bien…

TS : Quand ils viendront la chercher, ils pourront en faire ce qu'ils voudront.

MOI : Qui, ils ?

TS : Les membres de sa famille, ceux qui l'ont laissée, qu'est-ce que tu crois ?

MOI : Ils vont venir la chercher ?

TS : Aucune idée. De toute façon, tu n'y touches pas. Ôte-toi immédiatement cette idée de la tête.

MOI : Comment s'appelle-t-elle ?

TS : (*me fusillant du regard pendant cinq secondes, puis soupirant*) Si je te le dis, tu te tires ?

MOI : Oui.

TS : (*prenant l'urne, et me montrant une inscription sur une plaque en métal fixée sur le côté : VIOLET PARK 1927 – 2002*) Et maintenant, tire-toi !

Ce fut comme si une lumière s'allumait dans mon cerveau. Un jour, j'ai lu quelque chose dans un magazine sur le potentiel de préparation ou *readiness potential*, expression qui signifie que le cerveau a toujours une longueur d'avance sur nous, même quand on pense être celui qui décide. C'est assez compliqué, mais je crois que je comprends. Voilà comment ça marche : D'abord, il faut faire la différence entre l'action et la réaction. L'action, c'est lancer un ballon, tandis que la réaction, c'est faire un bond de côté quand on s'aperçoit que le ballon va nous toucher.

Notre cerveau nous bombarde sans arrêt de signaux, nous poussant à nous gratter le nez, à sourire, ou à mettre un pied devant l'autre quand on marche. Mais on fait certaines choses, comme cligner des yeux ou laisser tomber un morceau de toast brûlant, sans avoir eu la possibilité de savoir qu'on allait les faire, car on n a rien vu venir. C'est là que le cerveau prouve qu'il sait tout avant qu'on le fasse, parce qu'il doit envoyer un signal et que le signal prend du temps. C'est ce qu'on appelle le *readiness potential*, c'est-à-dire la façon qu'a le cerveau d'indiquer au corps ce qu'il doit faire, avant même qu'on sache qu'il faut le faire.

Ce qui m'a fait penser au *readiness potential*, c'est qu'au moment où j'ai lu le nom de Violet, je me suis rendu compte que je le connaissais déjà, avant même que Tony Soprano ne me le montre, alors que je n'avais aucun moyen de le connaître. Je l'ai entendu dans ma tête juste avant de le voir écrit, comme lorsqu'on regarde un film mal synchronisé, et qu'on entend ce que les gens disent avant de voir les mouvements de leur bouche. J'étais surexcité. Je repensai à l'impression que j'avais eue d'entretenir une conversation-avec-une-retraitée-morte sur la colline, et j'étais sûr que la seule manière dont j'avais pu connaître son nom était qu'elle me l'avait déjà dit.

Il voletait dans mon cerveau comme un pigeon qui s'est pris au piège dans un immeuble, flottant à travers l'espace, se cognant contre les parois.

V-I-O-L-E-T. Un beau prénom fort, un prénom

qui est une couleur, qui n'est pas très courant, et qui est celui d'une fleur aussi, un prénom doux, joli, démodé, parfait pour une vieille dame décédée.

J'eus toutes les peines du monde à m'empêcher d'attraper l'urne et de m'enfuir. J'avais le sentiment d'être son seul espoir. Elle était morte depuis assez longtemps pour savoir que personne ne viendrait la chercher. J'en suis encore malade quand je pense qu'elle était coincée là depuis que j'avais onze ans, l'âge que j'avais quand mon père est parti Dieu sait où.

Tony Soprano remit Violet sur son étagère. Je lui avais promis de m'en aller, et il allait me rappeler ma promesse. Pour rester calme en sortant, je fis une liste dans ma tête de toutes les bonnes raisons qu'on a de devenir ami avec une dame morte enfermée dans une urne.

1. Une vieille dame morte ne porterait jamais de jugement catégorique, et ne me ferait pas la leçon, contrairement à toute autre femme de la planète.
2. Si je décidais de me renseigner sur elle, je pourrais découvrir qu'elle était la personne la plus géniale, la plus douée, la plus courageuse,

dont j'aie jamais entendu parler, et je pourrais arriver à la connaître sans les embêtements qu'elle aurait pu me causer en existant réellement.

3. J'arriverais à la sauver, ce que je n'ai encore jamais fait pour personne, et c'est une chose dont on a également besoin, d'une certaine façon.
4. Une vieille dame morte serait facile à aimer, parce qu'elle ne pourrait pas s'en aller plus qu'elle ne l'a déjà fait.

Je sais très bien, je suis conscient du fait qu'un garçon de mon âge aurait dû penser à ramener à la maison une jeune fille vivante, plutôt qu'une vieille dame morte. Et je m'intéressais à ces choses-là aussi, aux filles, aux copains, au sexe et à tout ça, je ne suis pas complètement dingue. Simplement, Violet était en train de devenir mon amie la plus récente, et elle se frayait sans cesse un chemin dans mon cerveau pour y prendre la première place, comme le font les nouveaux amis.

Quand on y pense, ce n'est pas parce qu'une personne est morte, qu'on ne peut pas savoir à quoi elle ressemble. La moitié des personnages qu'on étudie à l'école sont morts depuis une éternité. Les gens écrivent des livres entiers sur William Blake, Henry VIII, ou Marilyn Monroe, et bien qu'ils ne les aient jamais rencontrés, on a quand même l'impression qu'ils savent de quoi ils parlent.

J'ai rencontré Violet après sa mort, mais cela ne m'a pas empêché d'apprendre à la connaître. Et ce que je continue d'essayer de prouver, c'est que je ne suis pas aussi fou que j'en ai l'air.

V

De tous les endroits où je voudrais être quand je serai mort, Apollo Cars est bien le dernier. Je ne peux pas encore décider lequel je choisirais en premier, probablement parce que je suis trop jeune, mais les trois endroits que je préfère jusqu'à présent, pour être tranquille et rester seul, ce qui, finalement, ressemble à une bonne description de l'état dans lequel on est une fois mort, sont les suivants :

1. Primrose Hill. Au-delà du sommet, en redescendant du côté le plus calme. On n'a pas une vue aussi extraordinaire que depuis le sommet, mais c'est paisible, et pour je ne sais quelle raison, presque personne ne vient dans ce coin, même quand le parc est bondé. Et puis c'est là que le vieil ami de mon père, Bob, a planté un arbre pour célébrer la naissance de Jed.

2. St Pancras Church. Je n'aime pas les cimetières à la façon des adeptes du mouvement gothique (bien que je n'aie rien contre eux), parce qu'en réalité, Violet mise à part, je ne suis pas à l'aise avec les morts. Mais j'aime l'église et le cimetière de St Pancras. Mary Shelley, l'auteur de *Frankenstein*, a été enterrée là, près de sa mère qui est morte en lui donnant naissance, mais ensuite je crois qu'elles ont été transférées à St Albans, ce qui est encore une chose à laquelle on ne s'attend pas quand on est mort.

L'église est sur une colline en pente douce, et de la rue, on ne peut pas voir les tombes ni la beauté de l'endroit. Il faut y entrer. Là, il y a un arbre, nommé l'arbre Hardy, ainsi que plusieurs pierres tombales (pas de corps), plus ou moins alignées contre lui, au hasard. On l'appelle l'arbre Hardy à cause de Thomas Hardy, le célèbre écrivain qui a situé ses personnages dans le comté imaginaire du Wessex, et qui a inventé des histoires tristes sur de belles laitières et autres gens de la campagne ayant une vision pessimiste de l'existence. Il n'est pas enterré là, et il n'était pas encore connu lorsque cet arbre a croisé son chemin. Il était ingénieur, je crois, et chargé de dégager la voie pour construire une ligne de chemin de fer en direction des Midlands. Il avait donc dû rétrécir le cimetière pour faire de la place, et entasser tous les cadavres dans un lieu plus petit. C'est peut-être même lui qui a déplacé Mary Shelley et sa mère. Il devait y régner une certaine confusion, car les pierres tombales de certaines personnes qui ont été transférées ont simplement été laissées contre l'arbre.

Je me demande quelle était la taille de cet arbre à l'époque, car il est très vieux, maintenant, et je me demande quelle hauteur atteindra celui de Jed sur Primrose Hill dans deux cents ans, je me demande si quelqu'un le découvrira, et s'il l'appellera « l'arbre Swain » parce que Jed sera devenu célèbre pour une chose ou une autre.

3. La City le dimanche. Papa avait l'habitude de m'y emmener. Il n'y a personne dans le quartier. On peut marcher et avoir l'impression de se retrouver dans une histoire de science-fiction du genre *Le jour des Triffids* ou *48 heures plus tard*. Tous les buildings modernes puent l'argent, le mauvais goût, et on sent toujours le rythme frénétique des jours de la semaine, un peu comme si le fantôme de cette effervescence hantait ces rues le dimanche, comme si cet endroit était épuisé par l'agitation des autres jours. Il y a des maisons très anciennes, aussi, tout est mélangé.

On peut se tenir devant une de ces boites en verre hypermodernes, tournant le dos à l'un des plus vieux pubs de Londres, et au coin, tomber sur l'une des ruelles les plus étroites de la ville, comme Wardrobe Street (rue de l'armoire), où l'on fabriquait réellement des armoires dans les années mille sept cent et quelques. C'est un vrai voyage dans le temps, d'une rue à l'autre, et c'est fascinant.

Je ne sais pas où Violet pouvait habiter, où elle aimait passer le temps, où elle voulait finir ses jours, et c'est une triste chose qu'il y ait des gens dont personne ne sache rien. Avant de mourir, je laisserai des instructions strictes sur l'endroit où je veux passer le reste du temps. J'espère que je ne serai pas si seul au monde que personne ne se souvienne d'aller chercher mes cendres après l'enterrement. C'est comme ces histoires dans les journaux locaux sur des gens qui meurent sans que personne s'en aperçoive pendant des semaines, jusqu'à ce que les voisins commencent à sentir l'odeur, et à se rappeler soudain qu'ils ne les ont pas vus depuis longtemps. Chaque fois que je pense à quelqu'un qui vit ou qui meurt dans la solitude, je finis par me poser des questions sur mon père, par me demander s'il est mort seul, s'il a pensé à nous au moment de mourir, ou s'il est vivant et s'il lui arrive de penser à nous, maintenant.

Je ne suis allé qu'à deux enterrements. Le premier était celui de mon grand-père – le père de ma mère. Je ne m'en souviens pas, parce que j'avais deux ans environ, mais mam dit que pendant toute la cérémonie, je me suis promené partout à quatre pattes en aboyant comme un chien.

Le second était celui d'une fille de ma classe, Angélique, qui est morte quand nous étions en sixième. Je crois que c'étaient les vacances de Pâques, et elle était partie quelque part en Espagne avec ses parents. Elle est morte dans la douche, par empoisonnement au monoxyde de carbone. On l'a rapatriée par avion, et notre classe a assisté à son enterrement. Nous voulions tous y aller, parce qu'on l'aimait bien, c'était vraiment une chic fille, et ça nous rendait malades de savoir qu'elle ne reviendrait plus.

Elle était dans un cercueil en bambou, ou en osier, tel un magnifique panier en forme d'Angélique, recouvert de rameaux fleuris roses. De chaque côté, il y avait des seaux en argent remplis de fleurs et de sable. Vous preniez une bougie en entrant, vous l'allumiez, vous la posiez dans un seau, de sorte que des centaines de bougies paraissaient l'entourer. La lumière était étrange et pleine de vie.

Lorsque le prêtre a recommandé l'âme d'Angélique à Dieu, les fleurs de certains seaux ont semblé prendre feu en même temps, et on a entendu le souffle de ces feux dans toute l'église, comme si c'était un signe, ou quelque chose comme ça. Personne ne voulait les éteindre.

Après l'enterrement, de retour dans la maison d'Angélique, nous nous sommes assis en cercle, chacun parlant de ce qu'il aimait chez Angélique, et racontant une histoire amusante sur elle.

On nous réunit souvent en cercles de discussion à l'école, en cas de problème, ou tout simplement parce que les profs en ont décidé ainsi. Parfois c'est bien, parfois c'est n'importe quoi, ça dépend, mais cette conversation que nous avons eue tous ensemble chez Angélique était l'une des plus douces, des plus touchantes qu'on puisse imaginer. Chacun avait vraiment envie de dire quelque chose, les parents d'Angélique pleuraient et riaient en même temps, et on voyait bien qu'ils reviendraient souvent sur ces histoires au cours des prochaines années.

Je doute que l'enterrement de Violet ait mérité qu'on en parle beaucoup, car tout en étant l'invitée d'honneur, elle n en a pas moins été abandonnée dans un taxi. Je doute qu'on ait pris le temps de se réunir autour d'elle.

Si jamais on retrouve mon père et qu'il est mort, j'organiserai le plus grand enterrement qu'on ait jamais vu, et je m'emploierai personnellement à ce que les fleurs prennent feu. Nous jouerons la meilleure musique, et tous ceux qu'il a connus, qu'il a aimés seront là. Ils pleureront toutes les larmes de leur corps et diront des choses vraiment belles sur lui. Ensuite, quand nous reviendrons à la maison, nous le veillerons le mieux possible, et personne ne voudra s'en aller. Les gens s'occuperont de mam, s'assureront qu'elle tient le coup, et lui téléphoneront chaque semaine, au lieu d'être trop gênés pour dire quoi que ce soit, ou de ne jamais la rappeler parce que le corps n'a pas été retrouvé, parce qu'ils sont très pris par leur travail, et parce qu'en réalité c'étaient ses amis à lui et pas à elle.

*
* *

Lorsque papa a disparu, ça a fait beaucoup, beaucoup de bruit. Il n'y avait pas seulement mam qui courait dans tous les sens en s'arrachant les cheveux (enceinte de huit mois et demi), la police qui venait sans arrêt à la maison, Mercy qui criait, claquait les portes, et baisait avec n'importe qui. Pendant une certaine période, tout le monde s'y intéressait. On parlait de lui dans tous les médias – dans les journaux et à la télé pendant plusieurs semaines. Il y avait toujours la même photo de lui partout, qu'aucun de nous ne supporte plus de voir à présent, d'abord parce qu'elle nous rappelle que tout allait mal, et ensuite, parce qu'il a l'air sacrément heureux sur cette photo, et qu'il devait faire semblant.

Je me rappelle le moment exact où mam s'est rendu compte qu'il avait réellement disparu, qu'il n'était pas simplement allé dormir ailleurs pour une période plus longue que d'habitude, ou qu'il n'était pas resté bloqué au bureau pour terminer un travail urgent, sans lui téléphoner, ce qui arrivait souvent. Je la revois, frottant son ventre volumineux, avec ce drôle de demi-sourire qu'elle avait pratiquement pendant tout le temps où elle attendait Jed. Elle répondit au téléphone, puis se retourna, soudain décomposée. J'étais assis à la table de la cuisine, attendant que papa revienne pour ne plus être le seul garçon à la maison, et je l'observais. Elle était vraiment belle quand elle a décroché le téléphone – dans mes souvenirs, il émanait d'elle une sorte d'éclat, de lumière douce, et tout ça… – et puis quand elle a raccroché, peut-être deux minutes et demie plus tard, elle était grise, vieille, et semblait vouloir vomir.

(C'est ce qu'elle a fait toute la nuit, le lendemain aussi, et il a fallu l'emmener à l'hôpital parce qu'elle ne pouvait plus rien avaler, qu'elle ne dormait plus et que tout le monde était inquiet pour le bébé.)

L'appel venait d'un ami de mon père, Nigel Moon, qui travaillait au journal *The Times*, pour dire que la police avait trouvé notre voiture dans un champ quelque part dans la région du Hampshire. Il voulait savoir si le passeport de papa était à la maison, ou s'il pouvait l'avoir pris avec lui, Nigel pensait que nous devrions le savoir. Il avait téléphoné à mam environ cinq minutes avant la police, car tandis qu'elle vomissait dans les toilettes du rez-de-chaussée, on frappa à la porte, et c'étaient des policiers. (Le passeport de papa était dans un tiroir, dans leur chambre, à côté de celui de mam.)

Ensuite, toute cette effervescence, cette agitation sont retombées, et il n'y a plus rien eu. En quelques semaines, les gens ont commencé à se lasser de cette histoire, ou à l'oublier, ils se sont éloignés, et nous ont laissés dans notre chaos privé. Mam avait Jed, et ils pleuraient beaucoup tous les deux dans leur chambre. Mercy a cessé de parler pendant trois mois environ, et moi j'errais, perdu, me battant pour un rien.

Vous êtes marqué du sceau de l'infamie quand quelqu'un de votre famille disparaît ainsi. Un grand point d'interrogation, un cadavre dans le placard, une ombre sale. Au début, les gens étaient tous sur le coup, et se montraient très intéressés, alors qu'au fond, ils s'en fichaient complètement, ils cherchaient simplement quelque chose d'horrible, des secrets inavouables de mon père, des failles dans notre famille qui se seraient ouvertes comme d'énormes cavernes et qui l'auraient englouti tout entier.

Avait-il une liaison ? Était-il mêlé à quelque chose d'illégal ? Avait-il été assassiné ? Étions-nous les coupables ? S'était-il suicidé ? Pourquoi ? Avait-il une liaison ? Un cercle vicieux, comme un chien qui se mord la queue, jusqu'à ce que nous mettions la télé dans une armoire, que nous enlevions les piles de la radio, que nous arrêtions de lire les journaux, d'ouvrir la porte, ou de sortir.

De temps en temps, quelque chose sort aujourd'hui encore dans les journaux, surtout le week-end, dans les magazines, ou relégué dans les pages intérieures. Je pense que le nom de Peter Swain doit être sur une sorte de liste de réserve des disparus, parce qu'il refait surface régulièrement avec ceux de Lord Lucan, Richie Manic, et Shergar, c'est une espèce de marronnier pour scribouillards désœuvrés. Il faut dire que le fait de disparaître ainsi donne lieu à de bonnes histoires, quel que soit le disparu en question. D'après mam, les journalistes n'aiment rien tant qu'une question sans réponse, parce qu'ils ne peuvent jamais avoir tort, et que ça leur permet de se montrer sous un jour favorable. Elle affirme que ce sont tous des vautours qui tournent au-dessus d'un vieux cadavre. Et comme la plupart d'entre eux nous ont abandonnés dès qu'ils ont perdu sa trace, elle refuse de leur parler, même si certains d'entre eux étaient encore à l'école quand il a disparu, et n'ont rien à se reprocher.

Un seul ami de papa est resté avec nous après sa disparition. D'après Mercy, il l'a fait pour la seule raison qu'il a toujours été amoureux de mam, et qu'il voulait aller voir sous sa jupe, mais je dois dire que cette raison-là a eu beaucoup d'effets positifs, et que ça ne les rend pas moins appréciables. C'est lui qui a planté un arbre à Primrose Hill, parce ce que bien que Jed soit né à un moment aussi terrible, il pensait qu'il ne fallait pas oublier de fêter sa naissance. Mam lui a donc demandé d'être son parrain.

Son nom, c'est Bob Cutforth. Papa et lui ont débuté ensemble dans un journal local, ou quelque chose comme ça. Pendant une période, il a été l'un des grands correspondants étrangers de la BBC, il est allé dans le monde entier, dans des zones dangereuses, il a interviewé des tyrans, et a échappé à des coups de feu. Mais ensuite, il s'est avéré être un alcoolique pathologique, il a perdu son travail, sa femme, sa maison, et maintenant il vit dans un meublé à Kilburn, il touche des allocations, et écrit dans son carnet toute la journée. Quoi qu'il en soit, il n'a pas oublié une seule fois l'anniversaire de Jed.

VI

Si je travaillais pour une de ces agences de pub branchées de Soho, et que j'établissais des profils de consommateurs, en divisant les gens par groupes selon les pantalons qu'ils portent, par exemple, ou selon leur éventuelle disponibilité à acheter des bâtonnets de poisson surgelé, voilà comment je définirais le profil de ma mère :

- ÂGE : 35-45 ans
- SEXE : féminin
- TAILLE : 1,70 m
- POIDS : 50-60 kg, ça dépend.
- REVENU ANNUEL : inférieur à 15 000 £.
- PROFESSION : aide maternelle (Atsem).

(Parfois, elle dit qu'elle aimerait passer une semaine entière à ne parler qu'à des adultes, au lieu d'essuyer le nez des enfants, mais ses horaires correspondent à ceux de l'école de Jed, et dans l'ensemble, ça lui plaît.)

• ÉTAT CIVIL : mariée (probablement séparée).

• SUR LA HI-FI : vieux machins. J'en aime bien certains. D'autres sont épouvantables.

• LOISIRS : marcher sur la lande, nager à la piscine (uniquement l'été), lire, tricoter, apprendre à coudre, yoga, ménage agressif.

Si je travaillais dans une agence publicitaire, je ne serais sans doute pas fana d'une femme comme ma mère. Je lui balancerais sans conviction quelques huiles pour le bain, produits de nettoyage, ou teintures pour les cheveux, mais vu qu'elle n'aurait pas grand-chose à dépenser, je ne me donnerais pas trop de mal. Or ce serait une grosse erreur.

Ma mère n'arrête pas d'acheter n'importe quoi.

S'il y a un nouveau faux produit miracle à la télé, on parie, Mercy et moi, sur le temps qu'il faudra à mam avant d'aller en chercher un. L'armoire de la salle de bains déborde de crèmes hydratantes vingt-quatre heures sur vingt-quatre, de crèmes antirides, de destructeurs de cellulite, de conditionneurs augmentant le volume des cheveux.

Mam dit qu'elle était une belle femme, mais que

trois enfants et un mari absent ont eu raison de sa beauté. Elle dit que c'est plus dur qu'on ne pourrait le croire d'avoir été belle et de ne plus l'être, alors Mercy lui répond qu'elle devrait essayer d'être laide toute sa vie, parce que ça, c'est pas du gâteau. Mam dit que Mercy se sous-estime. À mon avis, la plupart des filles se sous-estiment, c'est ce qui les fait vivre, plus encore que la nourriture.

Ce qui frappe le plus chez mam, c'est qu'elle est triste. La vie pour elle n'est pas telle qu'elle aurait dû être. Elle en veut beaucoup à papa, bien sûr, ainsi qu'aux vieux amis de mon père, elle nous en veut à nous, et elle s'en prend à elle-même, aussi.

Je le sais, non pas qu'elle m'en ait jamais parlé, mais parce qu'elle l'a dit à Bob Cutforth. Elle lui a dit un tas de choses. Chaque fois qu'il venait dîner, ils se soûlaient ensemble, et j'écoutais derrière la porte de la cuisine parce que quand les gens sont bourrés, ils parlent de choses dont ils ne peuvent pas parler quand ils sont sobres. Un jour, j'ai entendu mam dire à Bob qu'elle avait passé la dernière année qu'ils avaient vécue ensemble, papa et elle, à espérer qu'il allait disparaître de la surface de la terre, parce qu'elle ne pouvait plus supporter leur relation. Elle disait qu'elle aurait voulu se libérer de la tâche de l'aimer, parce qu'avec lui, c'était vraiment un sacré boulot. Dans ses fantasmes, une fois seule, elle s'épanouirait (c'était son mot), et réaliserait tout ce qu'elle avait toujours reproché à mon père de l'empêcher de faire. Mais en réalité, quand il a disparu, elle est devenue moins que ce qu'elle était avant, et non plus.

Quand je me rappelle cette conversation, j'ai l'impression d'être là en train de l'écouter pour la première fois. Mon échine se crispe, comme si j'avais besoin de l'étirer, mon estomac n'est plus qu'un trou, j'entends ma propre respiration et la grande horloge murale de l'entrée, je fixe les fissures et les cloques de la peinture de la porte de la cuisine, en pensant que je pourrais peut-être l'ouvrir d'un coup de pied, et envoyer mon poing dans la figure de ma mère pour avoir voulu que mon père disparaisse.

Ils restent silencieux pendant un moment, puis Bob lui dit :

– Ce n'est pas toi qui l'as poussé à partir, Nicky. Qu'est-ce que tu as fait ? Tu l'aimais, tu aimais ses enfants. Tu n'as rien à te reprocher.

Alors mam s'est mise à pleurer doucement, et je suis remonté dans ma chambre, en essayant de me mettre à sa place, et en me demandant si Bob et elle finiraient par se marier.

Une autre fois, j'étais assis là, avec eux, à table, et elle s'est tournée vers Bob :

– Je n'ai jamais été une bonne épouse, contrairement à ce que vous croyez tous, tu sais.

Et elle a continué de répéter à quel point elle détestait rester à la maison coincée avec les enfants, qu'elle en voulait terriblement à papa d'avoir un super boulot et le lui faisait payer sans arrêt, qu'elle était d'une jalousie folle et pensait toujours qu'il couchait à droite et à gauche, et qu'au fond elle n'était jamais contente pendant ce qui s'est avéré être la période la plus heureuse de sa vie.

Bob a répondu qu'elle ne devrait pas parler de ça devant moi, et elle a répliqué :

– Lucas a presque treize ans, et son père nous a quittés, alors maintenant, c'est lui l'homme de la maison.

Puis elle m'a ébouriffé les cheveux, et m'a ordonné d'aller me coucher, comme si j'avais huit ans, ce qui m'a mis hors de moi, parce que j'étais un homme quand ça l'arrangeait, et un môme quand ça ne l'arrangeait plus.

Elle est mieux maintenant qu'à l'époque.

Mais ce qui m'énerve encore chez mam, c'est que la plupart des gens sont désolés pour elle, et qu'elle trouve ça très bien. Mam pense que la vie lui a joué un sale tour, ce qui est une bonne façon de dire que ce n'est pas sa faute si son mari est absent, si elle a trois enfants, et si elle n'a plus vingt et un ans. Je voudrais lui demander si les femmes qui vivent au Soudan, en Palestine ou au Kosovo se soucient beaucoup de produits de beauté, de leurs vergetures, et de l'absence d'un homme auprès d'elle, mais je n'ai pas encore osé, et qui sait, peut-être que c'est important pour elles aussi.

Et puis quelques fois, mam se trompe de cible, elle se met en colère contre ceux qui sont toujours là, et non pas contre celui qui est parti. Certains jours, je sais dès que je la vois que je n'obtiendrai pas un mot aimable d'elle. Le simple son de nos voix provoque chez elle des grimaces exaspérées, comme si nous étions des squatters dans son cerveau, et non des gens qui ont le droit d'exister et de parler autant qu'elle. Les mauvais jours comme ça, on dirait qu'elle est programmée pour dire NON à tout, avant même d'avoir entendu ce qu'on lui demande. Parfois, d'ailleurs, elle est perdante, quand on lui propose d'aller faire les courses, ou de nous occuper du dîner.

Dans ces moments-là, voilà ce que je pense : Peut-être que la vie n'a pas tourné comme mam l'aurait voulu, mais ce n'est pas notre faute. Sauf si ce que nous avons fait de mal, c'était de naître, mais si on commence à prendre les choses comme ça, on aura beau tout essayer, on n'arrivera jamais à rien.

VII

L'un des effets secondaires positifs de ma rencontre avec Violet, et par conséquent de mon intérêt soudain pour les personnes âgées, est que j'appris à mieux connaître ma grand-mère. Elle s'appelle Pansy – un autre prénom parfait pour une vieille dame, un autre nom de fleur, la pensée. Je ne lui avais jamais accordé beaucoup de temps auparavant, peut-être parce qu'elle était vieille, avait de fausses dents pour lesquelles elle est devenue trop petite, une peau comme un mouchoir en papier gris tout chiffonné qu'on trouve au fond de la poche de sa veste, et des opinions bien arrêtées à peu près sur tout. Mon grand-père et elle habitent juste au coin de la rue dans une résidence pour personnes âgées. Pansy dit qu'il n'y a rien de plus condescendant, rien qu'elle redoute autant qu'un tour de fenêtre peint de couleur primaire. D'après elle, c'est le signe que, quelle que soit la personne qui vit là, elle n'est plus prise au sérieux. Il faut rappeler que tous deux nous ont donné leur grande maison pour qu'on s'y installe. Pansy aimerait bien qu'on ne l'oublie pas.

Pansy est une vraie pile électrique, elle parle de tout et de rien, et a des théories sur des choses dont elle n'a qu'une idée très vague, comme la musique jungle, les PlayStations, et les rencontres sur Internet. Elle peste et jure sans arrêt, mais sans prononcer vraiment les mots, elle remue simplement les lèvres, avec son visage particulièrement froissé, ses gencives et ses fausses dents qui se heurtent légèrement, l'intérieur de sa bouche restant comme collé, puis se dégageant soudain, si bien que ses jurons se transforment en un curieux claquement spongieux. C'est assez impressionnant.

Pansy est passionnée de foot, elle l'a toujours été. Mais en même temps, elle s'est arrangée pour ne jamais rien comprendre aux règles. Un jour, elle a dit que les footballeurs devraient obtenir des points en plus quand ils frappaient le poteau ou la barre transversale, parce que c'est beaucoup plus dur que de marquer un but. C'est une fan de Tottenham, parce qu'elle a grandi dans une ville voisine, Enfield, et que son père jouait dans la fanfare du stade de White Hart Lane. Pour moi, qui suis pour Arsenal, tout comme mon père, je n'ai jamais compris qu'on puisse être un supporter des Spurs. Pansy dit que mon père soutenait Arsenal uniquement pour la mettre en colère, quand il était petit. Grand-père, qui ne s'intéresse que très moyennement au foot, roule des yeux et dit qu'« ils se battaient comme chien et chat, quand il y avait un match à la télé ».

Elle adore s'en prendre à Arsenal, et la plupart du temps, c'est très bien car nous sommes en tête de la ligue, et ils sont en chute libre.

Pansy fut la première personne à qui je parlai de Violet. J'avais besoin de raconter à quelqu'un qu'une femme morte me parlait, et j'avais plusieurs raisons de la mettre au courant. D'abord, c'était grâce à Violet que je m'intéressais davantage à la personne qui se trouvait à l'intérieur du vieux corps de Pansy. Ensuite, je m'imaginais que Violet apprécierait d'avoir une autre vieille dame auprès d'elle, après avoir dû côtoyer tous ces chauffeurs de taxi. Et je savais que Pansy comprendrait, parce qu'elle lisait toujours des choses sur l'occultisme, qu'elle aimait les médiums et ces trucs-là, qu'un jour elle était même allée en voir un dans l'espoir qu'il découvre si papa était « passé dans l'au-delà » ou pas, je sais donc qu'elle n'a jamais abandonné l'idée de communiquer avec les morts.

Bien sûr, en dehors de Violet et du London Derby, ce que nous avons en commun, ma grand-mère et moi, c'est mon père, son fils. Notre « chaînon manquant », comme elle l'appelle. Mam a beau dire que c'est dur pour nous que papa soit parti sans un mot d'avertissement, on devrait multiplier par dix ce que ça doit être pour Pansy, parce qu'elle est sa mère et que les mères ne s'attendent pas à ce que leur fils s'en aille avant elles. Pansy est donc ravie quand je viens la voir, premièrement parce qu'elle dit que je suis son préféré (préférence due uniquement au fait que je ressemble à son fils et que je porte ses vêtements), et deuxièmement parce qu'elle peut parler de lui à perdre haleine, sans que je m'en lasse.

Je ne crois pas que grand-père soit très utile, dans cette histoire. Il s'appelle Norman, et il a fait la guerre en Afrique du Nord, en conduisant des camions de munitions à travers le désert, en fumant du chèvrefeuille, et en mouillant son pantalon. Norman est vraiment un type très sympa, il a toujours été un bon grand-père, mais dernièrement, il ne sait plus très bien où il en est. En fait, il a eu ces minuscules attaques cérébrales, et chaque fois qu'il en a une (on ne les remarque pas, même s'il en a une juste en face de nous, tellement elles sont infimes), il perd un peu de mémoire. Certains jours, il est mieux que d'autres, mais ça rend Pansy folle, parce qu'elle dit ne jamais savoir où elle en est avec lui. Une minute il est tout romantique avec elle, et la minute d'après, il croit qu'elle est l'aide à domicile qui vient passer un coup d'aspirateur.

Pansy a un chien, appelé Jack (Russell), et parfois je ne sais vraiment pas si elle parle de son chien ou de grand-père.

– Il est resté dans mes jambes toute la journée, et il a une haleine épouvantable. (Chien.)

– Il n'y a pas été depuis trois jours. Je pense qu'il a besoin d'une bonne marche. (Norman.)

Les bons jours, Norman se rappelle que je suis Lucas, un jour d'attaque cérébrale, il me prend pour mon père. Pansy et moi, on est d'accord pour le laisser divaguer, parce qu'il est plus heureux comme ça. Pansy dit qu'elle aimerait avoir une attaque qui lui permette d'oublier que son enfant unique avait jugé bon d'abandonner sa famille, et de prendre le large. Puis elle tamponne ses yeux fripés avec un mouchoir chiffonné, et dit :

– Ppputain de merde, allez, prenons une autre tranche de gâteau.

Quand je m'assieds pour bavarder avec Norman, il est enchanté, parce que la plupart du temps il ne peut pas en placer une, alors qu'en fait, il a beaucoup de choses à dire. Lorsqu'on les voit au début, Pansy et lui, c'est elle qui vous accapare tellement elle est vive, pleine d'énergie, de vitalité, et au courant de tout, mais au bout d'un moment, on se rend compte que Norman est la tortue par rapport au lièvre, et que si on lui accorde une minute, il peut être très intéressant, qu'il s'y connaît dans pas mal de domaines.

La personne qui aime vraiment être avec Norman, c'est Jed. Jed est trop jeune pour s'apercevoir que Norman oublie des choses. Il pense qu'il le fait simplement pour rire, et il trouve ça très amusant. Pour Jed, Norman est l'homme le plus drôle du monde. Ils traînent ensemble dans la cuisine en mangeant des biscuits, en construisant des avions en meccano, ils rient comme des malades en regardant des films de Laurel et Hardy. Ils ont aussi le droit de sortir le chien tous les deux, ce qui est à peu près le seul moment pour l'un comme pour l'autre, où ils peuvent aller quelque part sans être accompagnés par un adulte responsable. Jed dit que rester avec son grand-père, c'est exactement comme être avec un de ses copains de classe, et que c'est même mieux parce que grand-père sait beaucoup plus de choses, et qu'il partage sans faire d'histoires.

Il y a quelque temps, je m'étais mis cette idée dans la tête que Norman savait quelque chose de fondamental sur l'endroit où papa se trouve, mais qu'il ne pouvait pas nous dire quoi parce qu'il avait oublié. J'étais convaincu que ses mots, même les plus ordinaires, cachaient un indice, et que si je découvrais le code, je sauverais mon père. Parfois, quand il me parle, je continue à croiser les doigts pour qu'il laisse échapper une adresse, un numéro de téléphone, ou un dernier message, mais ce n'est pas aussi simple que ça.

Lorsque je parlai de Violet à Pansy, je le fis comme si j'avais rencontré une personne tout à fait normale, ou pour le moins vivante. Violet se trouvait toujours sur son étagère à Apollo Cars, à ce moment-là.

Je dus lui présenter les choses à peu près ainsi :

– Grand-mère, j'ai rencontré quelqu'un qui te plairait beaucoup, l'autre soir.

– Eh bien, ne la mets pas enceinte, répondit Pansy du tac au tac.

Je faillis recracher mon biscuit à cette idée, et je m'écriai :

– Non, non, c'est une vieille dame comme toi !

– Vieille comment ? demanda Pansy. Où as-tu rencontré une vieille dame ? Pourquoi veux-tu d'une vieille copine ?

– Elle doit avoir dans les soixante-dix ans comme toi, ce n'est pas ma copine, et je l'ai rencontrée dans une compagnie de taxis, dans la nuit de vendredi, en rentrant à la maison.

Pansy pinça les lèvres avant d'aspirer l'air comme si elle fumait une cigarette invisible qui n'avait pas bon goût, puis elle lança :

– Mercy prétend que tu lui avais piqué son argent, espèce de filou !

– Ouais, mais en fait non... répondis-je, tandis qu'elle faisait un geste de la main signifiant que ce n'était pas la peine de nous étendre sur le sujet, et elle reprit :

– Que peut bien faire une femme de soixante-dix ans dans une station de taxis un vendredi tard dans la nuit ?

C'était la question que j'attendais.

– Elle était sur une étagère, dis-je un peu trop vite, et Pansy me lança un regard noir.

– Tu as encore fumé un joint, Lucas ?

Je lui rendis son regard.

– Grand-mère, tu sais que ce n'est pas vraiment pertinent.

– N'emploie pas ces mots compliqués avec moi ! répliqua-t-elle. J'avais déjà prévenu ton père, et regarde où il en est, maintenant.

Je ne la quittai pas des yeux, et répliquai :

– Papa pourrait être n'importe où, on ne sait pas, mais Violet est coincée sur une étagère dans le bureau d'une compagnie de taxis, et elle a besoin de notre aide.

J'avais l'impression que c'étaient des mots prononcés par quelqu'un dans un film, et pourtant ils sortaient de ma bouche.

– Où est Violet ? Mais qu'est-ce que tu racontes, Peter ? demanda Norman, et ça me fit sursauter parce que j'avais oublié qu'il était là.

– Je croyais que tu dormais, dis-je.

Pansy me fit un clin d'œil et chuchota :

– Parfois on a du mal à voir la différence.

Puis elle cria :

– C'est rien, Norman ! Tu peux te rendormir. C'était à la télé.

Mensonge éhonté, puisque la télé n'était même

pas allumée. Nous reprîmes notre dialogue de film, et elle me demanda :

– Il y a une rançon ?

Ce n'était pas du tout ce que j'attendais.

– Comment ?

– Si quelqu'un retient une vieille dame en otage dans une compagnie de taxis, c'est qu'il y a une raison.

– Elle est morte, grand-mère, dis-je, et je comptai jusqu'à dix pour que ça pénètre dans son cerveau.

– Ils gardent une vieille dame morte sur une étagère ? C'est dégoûtant !

Pansy était surexcitée. Je voyais de petites explosions se produire derrière ses yeux.

– Comment l'as-tu rencontrée, si elle est morte, Lucas ?

– Elle est dans une urne. Elle a été incinérée.

Pansy ne dit plus rien. Elle ouvrit simplement les mains, les doigts étalés de chaque côté de son visage, essayant toujours d'obtenir une réponse à sa dernière question. Ses sourcils étaient remontés si haut dans son visage, que son front ressemblait à un coteau en terrasses. Je savais que j'avais capté toute son attention. Maintenant, il ne me restait plus qu'à l'impliquer.

– Grand-mère, je ne promets rien, mais j'ai l'impression qu'elle communique avec moi depuis…

Pansy articula silencieusement les mots dans une furieuse démonstration de gymnastique faciale :

– … *l'au-delà ?*

J'acquiesçai d'un signe de tête, et allai mettre la bouilloire sur le feu.

Je savais que c'était indispensable, parce que la réaction de mes grands-parents à n'importe quelle situation, qu'il s'agisse de la disparition de leur fils, ou de la publicité au milieu d'un épisode d'*Emmerdale*, leur série préférée, est de se faire une tasse de thé. Je ne crois pas qu'en cinquante ans, ils aient pu s'en passer plus d'une heure ou deux. Ils sont drogués au thé.

Et peut-être y a-t-il une certaine vérité dans leur foi dans le thé. Après en avoir bu une gorgée, Pansy se reprit, elle ne restait plus la bouche ouverte, attaquant ses dents à coups de langue. Elle n'était plus qu'intuitions fulgurantes et idées éblouissantes.

Je lui dis que je voulais sauver Violet. Le reste du plan, c'est surtout elle qui s'en chargea.

C'était simple et lumineux.

La première chose à faire était de téléphoner à Apollo Cars.

– Si je ne sais pas répondre à certaines questions, je dirai simplement que j'ai oublié. Personne n'est désagréable avec une vieille dame, dit Pansy.

Elle composa le numéro, et se mit à miauler dans le récepteur, de sa voix de vieille dame. Ça me bluffe toujours, parce qu'on n'imaginerait pas qu'une vieille dame soit capable de faire une bonne impression de vieille dame, or Pansy y arrive.

– Allô ? Mr Soprano ? dit-elle, et je lui fis signe que NON, mais ça ne pénétra pas dans son cerveau. Est-ce que ma sœur est là ?

Puis elle reprit :

– Je me suis peut-être trompée de compagnie de taxis. Il y a eu une erreur, elle est dans une urne, et elle s'appelle Violet. Ça vous dit quelque chose ?

J'entendais sa voix de casserole fêlée de là où j'étais assis, mais je n'entendais pas ce qu'il lui disait, lui.

– Eh bien, je suis désolée que vous ayez été coincé avec elle pendant tout ce temps, j'étais à l'étranger, voyez-vous.

Et elle prononça « étranger », comme elle imaginait que la reine l'aurait fait, en haussant son vieux sourcil dégarni vers moi.

Ensuite, je dus quitter la pièce, parce que Norman s'était réveillé, et qu'il faisait n'importe quoi dans la cuisine. Norman et le chien s'empiffrent de chocolat tous les deux derrière le dos de Pansy, comme si elle dirigeait un camp de prisonniers, et que le soldat Jack Russell et lui s'en procuraient en fraude. Elle dit que ça lui est égal, qu'elle les laisserait faire s'ils n'en mangeaient pas jusqu'à s'en rendre malades. Elle dit que Norman ne se rappelle pas combien il en a pris, et que le chien en profite tout simplement.

Je retirai le chocolat des mains de Norman, fis sortir le chien, et quand je revins, Pansy était en train de conclure. Elle se mouchait dans un mouchoir rose tout propre, et semblait être en larmes, cette vieille canaille (« C'est très gentil de votre part, Mr Soprano, de vous donner cette peine, vous êtes sûr que ça ne vous dérange pas… je ne vous remercierai jamais assez, etc., etc. »), puis elle raccrocha le téléphone en souriant.

Le problème, avec les fausses dents, c'est qu'elles ne vont pas avec votre visage. On dirait que Pansy a emprunté le sourire de quelqu'un d'autre, d'un acteur célèbre, les perles hollywoodiennes et parfaites de George Clooney collées au milieu de son visage affaissé.

– Il vient, dit-elle. Dans une demi-heure, en personne, pour me la remettre.

– Bon, alors il vaut mieux que je m'en aille, décidai-je, en prenant mon manteau et en essayant de passer malgré Norman, qui se tenait dans l'embrasure de la porte, si bien que je ne savais pas s'il voulait entrer ou sortir.

– Lucas Swain, ramène tes fesses, tu restes ici ! glapit Pansy.

– Il ne peut pas me supporter, grand-mère. S'il me voit, il ne te la laissera pas.

– Alors, cache-toi dans la chambre. Je fais entrer un inconnu ici pour toi. La moindre des choses, c'est que tu restes sur place.

Je me cachai donc dans la chambre de Pansy et Norman pendant vingt-quatre minutes, angoissé par tout ce qui pourrait mal tourner.

- L'urne tomberait et s'ouvrirait brusquement.
- L'urne roulerait sur le siège arrière de la voiture et s'ouvrirait brusquement.
- Soprano aurait un accident, il serait traumatisé et oublierait complètement l'urne.
- Il avait simplement menti pour se débarrasser d'une vieille dame au téléphone, et n'avait pas l'intention de venir.
- Pansy lui avait donné une mauvaise adresse.

- Pansy ne lui avait pas donné d'adresse du tout.
- Norman ouvrirait la porte et dirait « non merci », ou « vous vous êtes trompé de maison », et refermerait la porte.
- Norman penserait que c'étaient les cendres de mon père, et il s'effondrerait complètement.
- Norman penserait que c'étaient les cendres de Pansy, et il s'effondrerait complètement.
- Norman ficherait toute l'histoire de Pansy en l'air, en disant très fort qu'elle n'avait jamais eu de sœur du nom de Violet.
- Pansy appellerait Violet du nom de l'une de ses vraies sœurs (Dolly, Daisy, Daphné, Delia – je ne sais pas ce qui s'est passé avec Pansy. Ils devaient être à court de prénoms en D.)
- Pansy et Norman s'endormiraient et n'entendraient pas sonner à la porte (très fréquent).
- L'une de ces choses, ou toutes à la fois, me forceraient à sortir de ma cachette. Soprano me verrait alors avant la remise de l'urne, et comprendrait qu'il y avait quelque chose de louche.

Au bout de vingt-quatre minutes, on sonna à la porte. Pansy entendit et alla ouvrir. Elle s'était un peu maquillée, avait mis un cardigan et un collier de perles.

J'observai la scène par une fissure de la porte. Tony Soprano portait l'urne avec beaucoup de précautions. Il posa Violet sur la tablette de la cheminée, à côté de la photo de mon père, et dit qu'il était désolé pour la sœur de Pansy.

– Elle est morte, vous savez, dit Norman, dans un éclair de lucidité inattendu.

Ils durent hocher gravement la tête, ou quelque chose comme ça, car il y eut un grand silence.

Tony Soprano vit probablement une photo de Pansy et de sa vraie sœur décédée, Dolly, qui se trouve également sur la cheminée, car il demanda :

– C'est elle ?

– Oui, elle avait un dynamisme extraordinaire, répondit Pansy, et Norman ajouta :

– Ça, tu peux le dire, elle démarrait au quart de tour, ta grande sœur !

Tony Soprano toussota, puis annonça qu'il devait vraiment repartir. Pansy l'accompagna à la porte (un mètre plus loin), ils se serrèrent la main, se dirent au revoir, et je pensai qu'en définitive c'était un type bien, qu'il avait pris les choses au sérieux, s'était montré respectueux et avait fait ce qu'il fallait.

Puis, Soprano étant parti, je sortis de la chambre. Pansy se disputait avec Norman parce qu'il avait traité sa grande sœur de salope. Je me demandai comment Violet pouvait se sentir dans ce nouvel endroit, devant des inconnus qui s'engueulaient.

Elle reposait sur la tablette, à droite et légèrement en retrait derrière la vieille photo de mon père en première page d'un journal. Ils étaient l'un à côté de l'autre, celui dont nous croyions tout savoir en dehors de l'endroit où il se trouvait (ou ne se trouvait pas), et celle dont nous ne savions absolument rien en dehors du fait qu'elle était morte et se trouvait chez ma grand-mère. Je les observai de l'un des fauteuils dodus de Pansy et je m'interrogeai pendant une minute sur ce que nous avions fait. Est-ce que c'était vraiment mon affaire, cette poignée de cendres et le lieu où elles avaient abouti ? Avais-je perdu la tête la nuit où j'avais décidé de la sauver ?

Je percevais le regard de Pansy qui allait de l'urne à moi, attendant quelque chose, peut-être que s'élève une voix désincarnée, que mes yeux se révulsent, ou qu'il y ait une coupure de courant et l'apparition d'un ectoplasme. Je ne voulais pas la décevoir.

C'est alors que… je le sentis, faiblement au début, mais sans aucun doute possible.

Violet était heureuse.

C'était comme un lent rayonnement qui me

gagnait peu à peu, et soudain, son sourire se dessina sur mes lèvres. Elle était au chaud (le chauffage est constamment allumé au maximum) et elle aimait la décoration (surchargée, avec beaucoup de crochet), personne ne jurait ni ne fumait, et peut-être pourrait-elle écouter un peu de musique ? Le Quatrième concerto de Rachmaninov (dont je n'avais jamais entendu parler, je le jure, mais Norman l'avait sur un vinyle, on remonta le tourne-disque à la manivelle, Violet le connaissait par cœur, et elle devint toute frémissante, ce qui était vraiment étonnant). Peut-être que son emménagement dans une résidence de Kentish Town n'aurait pas été son premier choix pour un repos idyllique et éternel, mais c'était un degré au-dessus d'Apollo Cars, et Violet voulait que nous sachions qu'elle nous en était reconnaissante.

J'étais scié. Mes jambes tremblaient. Pansy pensa que j'étais le nouvel Uri Geller. Elle me regardait bouche bée, ses dents glissant d'un côté à l'autre, une nouvelle expression de respect dans les yeux.

(À signaler qu'à mon avis Uri Geller est un fieffé imposteur, mais Pansy croit que c'est du sérieux, parce que la montre de Norman était cassée, et que Uri l'a réparée à travers la télé, apparemment.)

Je décidai que Violet Park et mon père n'étaient

pas si différents. L'une était morte, et l'autre avait disparu, mais on a tous des secrets, n'est-ce pas ? Qu'on prenne n'importe quelle famille, il y a toujours des histoires dont il vaut mieux ne pas parler, et qui traînent dans les coulisses, je vous le garantis. En voici quelques-unes de la mienne :

1. Il y a papa (bien sûr) qui a une autre vie dont nous ne savons rien, ou qui est mort, ce qu'il a gardé bien secret aussi.
2. Pansy a eu un enfant (mon père) avec un vendeur d'encyclopédies avant d'épouser Norman. Elle l'a revendiqué à l'époque, mais maintenant elle ne veut pas qu'on en parle, et elle triche avec la date de son anniversaire de mariage, pour que tout semble avoir été fait dans les règles.
3. Norman ne pouvait pas avoir d'enfants (oreillons), mais il ne sait pas que nous savons tous qu'il n'est pas un parent au sens strict. Mam nous l'a dit, à Mercy et moi, il y a longtemps, avant le départ de papa, et je me rappelle avoir pensé que ça ne faisait aucune différence. Jed ne le sait pas encore, à ma connaissance, en tout cas. Peut-être même que Norman a oublié qu'il n'est pas le vrai père de mon père, maintenant

que papa lui manque tellement, qu'il est devenu sénile, et tout ça.

4. Mam a un copain depuis plus de six mois, et elle pense qu'aucun de nous n'est au courant. Ce n'est pas Bob (dommage), mais elle a couché avec Bob quelques fois, encore une chose qu'elle croit que nous n'avons jamais sue. Le copain de mam s'appelle David, il enseigne le dessin d'après modèles au centre culturel municipal. Il est assez sympa, mais il porte des bijoux bizarres, et dit beaucoup de conneries.
5. Mercy prend la pillule, elle fume, se drogue, vole dans les boutiques, elle découche, et sort par la fenêtre de sa chambre pour aller voir son petit ami, un dealer récidiviste, quand elle est privée de sortie.
6. Jed fait pipi au lit et a fait promettre à mam de ne pas nous le dire.
7. Mam nous l'a dit.

Ce n'est même pas tout, mais je n'en dis pas plus, parce que le fait est que nous avons un tas de secrets, que tout le monde en a. À mon avis, avoir disparu ou être mort, comme papa et Violet, ne sont que des façons de garder un autre secret, plus lourd. Et les secrets ne sont jamais si difficiles à déterrer. Il y a toujours quelqu'un qui laisse échapper quelque chose, qui laisse une trace, ou qui dit ce qu'il ne faut pas dire au bon moment. Ensuite, tout le monde découvre la vérité, qu'on le veuille ou pas.

VIII

Bob Cutforth était un homme à secrets. Il en avait une montagne, et maintenant il n'en a plus aucun. Il dit que c'est mieux comme ça, mais il n'a pas dû s'amuser quand ses secrets ont été découverts l'un après l'autre, et qu'il a tout perdu, peu à peu. Ce que je préfère chez Bob, ce que j'aime par-dessus tout, c'est qu'il est beaucoup plus heureux maintenant, sans rien, qu'il ne l'était auparavant. Bob dit que c'est la meilleure forme de liberté, de ne plus rien avoir à perdre.

Il dit que lorsqu'il vivait dans une grande maison dans le quartier de Camden Square, avec une épouse belle et cultivée, une assistante sexy, un chien de race, une cave à vin impressionnante, un super job et un gros portefeuille, il n'arrêtait pas de s'inquiéter une seconde. Bob avait peur d'être dévalisé, agressé, ou assassiné. Sa femme était névrosée, son assistante insatiable, si bien qu'il ne pouvait satisfaire les exigences ni de l'une ni de l'autre, et que ça le tourmentait. Sa chienne, sous Prozac, s'était jetée à travers une baie vitrée, un matin que Bob s'en allait à l'aéroport, parce qu'elle craignait que son maître l'abandonne.

Son travail le terrifiait. Il est allé au Rwanda, en Afghanistan, au Pakistan, aux Philippines, en Libye, en Colombie, à des périodes où les gens redoutaient simplement de voir à la télévision ce qui se passait là-bas. Pas étonnant qu'il ait eu une peur bleue. Bob dit qu'il buvait un litre de vodka par jour, à l'époque, et que sa cave à vin n'était qu'une façade.

Il y a encore une chose, chez Bob, que je trouve vraiment formidable, c'est qu'il aurait pu disparaître facilement, lui aussi, et qu'il a choisi de rester. D'un jour à l'autre, après avoir été un véritable héros pour tout le monde, comme John Simpson ou Raggy Omar, il n'a plus été qu'un psychopathe dégénéré sans moralité, sans travail, avec une maîtresse, l'habitude de prendre de la coke, un divorce hors de prix, et un retrait de permis pour conduite en état d'ébriété. Il a dû être tenté de s'enfuir, mais il a fait face, il a fait face à tout, et on ne peut que l'aimer pour ça.

Je ne peux pas m'empêcher de me demander: qu'est-ce que papa trouvait si dur qu'il n'ait pu l'affronter? Je n'aime pas la façon dont les choses tournent quand j'essaie de répondre à cette question. Comme je l'ai déjà dit, c'est le fait de ne pas savoir qui est insupportable. C'est imaginer des choses qu'on voudrait bien ne pas pouvoir inventer tout seul.

Bien sûr, Bob est la personne la plus indiquée pour parler de mon père, et il sait un tas de trucs secrets, fascinants, qui me donnent l'illusion d'en apprendre un peu plus sur lui. Bob et mon père se connaissaient depuis des années. Ils ont travaillé ensemble dans un journal local, juste après l'université – *The Radnorshire Express*. Bob dit qu'il n'avait rien d'express, que c'était l'endroit le plus endormi, le plus morne où il soit jamais allé, et que sans mon père, il serait mort d'ennui. J'imagine ça un peu comme Andover, qui est l'endroit le plus maussade où j'aie mis les pieds. Ma mère m'y avait envoyé pour un week-end d'aventure, et je continue à dire qu'elle aurait dû poursuivre les responsables pour publicité mensongère.

Selon Bob, mon père avait déjà disparu une fois, longtemps auparavant.

Il avait vingt-trois ou vingt-quatre ans. Il sortait

avec une infirmière brésilienne appelée Luzmira (Bob dit que ça signifie « regarde la lumière »). Mon père et Bob travaillaient à l'*Evening Standard*, et ils passaient beaucoup de temps à boire, à jouer sérieusement au poker avec des médecins de l'hôpital de Charing Cross. Des gens bizarres, d'après Bob, de vrais phénomènes, qui l'ont dégoûté des toubibs pour de bon. Bob raconte que papa était plongé là-dedans jusqu'au cou, qu'il leur devait beaucoup d'argent. Puis, il a cessé de venir travailler, et de jouer au poker, il a perdu son travail. Luzmira et les médecins ont dit qu'ils ne l'avaient plus vu. Sa logeuse a rangé les affaires de papa dans une armoire et loué sa chambre à quelqu'un d'autre. Bob a cru que mon père était mort. Environ trois mois plus tard, il a surgi de nulle part. Il n'a jamais raconté à personne où il était allé, pas même à Bob.

Donc, si mon père peut disparaître et revenir soudainement, il peut recommencer.

Agatha Christie a disparu pendant une période, alors qu'elle était déjà très connue, puis elle est revenue, mais personne n'a jamais su où elle était allée. Personne sauf mon ami Ed, celui chez lequel j'étais le soir où j'ai rencontré Violet, qui prétend le savoir avec certitude. Ed dit que son grand-père du côté de sa mère avait eu une liaison secrète avec Agatha Christie en Jamaïque, ou à Antigua, ou quelque chose comme ça, mais que ça n'avait pas marché, et qu'il était donc revenu en Angleterre auprès de sa femme. Il avait gardé le châle qu'Agatha Christie lui avait donné dans le tiroir à chaussettes de sa commode, et il le caressait amoureusement de temps en temps quand sa femme ne regardait pas. Mais elle était au courant, bien sûr, car à l'époque les épouses rangeaient les chaussettes propres de leur mari, et ne disaient rien sur les liaisons ni sur les petits objets trahissant les amours interdites, pour éviter la honte.

Si mon père était terré avec un auteur de polars aux Antilles (ou avec une infirmière au Brésil), ma mère en ferait toute une histoire. Elle n'en est vraiment plus à s'inquiéter de ce que les voisins peuvent penser.

IX

Je croyais que tout serait simple une fois qu'on aurait sorti Violet du bureau de la compagnie de taxis. Assis près d'elle, dans le salon de Pansy et Norman, je ne voyais plus d'obstacle à ce que ses cendres soient éparpillées, à l'abandonner à sa mort dans un endroit beaucoup plus agréable, je ne voyais pas non plus ce qui m'empêcherait de reprendre une vie normale. Mais je remettais sans cesse à plus tard, et il me fallut plus de six semaines avant de me rendre compte qu'elle n'était pas encore prête à partir.

Mercy avait lu une histoire un jour sur des morts qui vivaient une après-vie très agréable tant qu'on se souvenait d'eux sur terre, mais dès qu'ils étaient oubliés, même un instant, ils disparaissaient dans le néant. Elle n'arrêtait pas de répéter que c'était une idée fantastique, jusqu'à ce que je ne veuille plus en entendre parler, mais je repensai à cette histoire, et je me dis qu'il était absolument évident que si Violet s'était cramponnée à la précieuse vie (façon de parler), alors que tout le monde l'avait complètement oubliée, c'est qu'elle avait sans doute ses raisons. Elle me semblait si vivante, dans ce petit pot; elle devait ressentir la nécessité de faire quelque chose avant de se préparer à ne devenir plus rien quelque part pour l'éternité. Mais ce que je ne savais pas, c'était justement ce qu'elle avait besoin de faire!

Je ne savais rien d'elle, si ce n'est qu'elle était morte.

Et puis j'emmenai Jed au cinéma.

Regarder des films est tout en haut de la liste de nos dix activités préférées. Je pourrais regarder des films toute ma vie, à la file, et ne jamais avoir l'impression d'avoir perdu une seconde de mon temps.

Jed aime les vieux trucs qu'il a vus avec Norman, comme Charlot ou les Marx Brothers, autant que n'importe quel Pixar et la plupart des dessins animés. Je l'ai inscrit à un ciné-club pour enfants. C'est là que je décidai d'aller voir *Le Piano Magique de Binky* avec lui, un film assez vieux, assez mauvais, mi-dessin animé mi-images réelles sur un petit garçon génial qui pouvait tout jouer au piano, et donnait des concerts dans le monde entier, sauf que ce n'était pas un génie, parce que c'était son piano qui faisait tout le travail. Jusqu'au jour où le piano décida qu'il en avait assez. Binky donnait un récital à Carnegie Hall, lorsqu'il lui fut impossible de jouer quoi que ce soit correctement, même pas Chopsticks avec deux doigts, et il dut avouer toute la vérité. C'est alors qu'il se réveilla, car ce n'était qu'un rêve. Fin.

Le film plut beaucoup à Jed, et nous étions sur le point de sortir de la salle, quand je jetai distraitement un coup d'œil au générique qui se déroulait à la manière ancienne. Je lus : *Tous les morceaux ont été exécutés au piano par Violet Park, accompagnée par le Royal Philarmonic Orchestra, aux studios Pinewood, Grande-Bretagne.* Je me rassis sur mon siège, la bouche sèche et grande ouverte devant l'écran, parce que je savais que c'était elle, comme lorsque j'avais compris qu'elle avait besoin de mon aide, que je connaissais son nom, et que je savais qu'elle aimait être chez Pansy.

Pendant tout le trajet du retour, je tenais Jed par la main pour traverser les rues, en écoutant ce qu'il me disait sur Binky, sur son envie d'avoir une guitare magique ou de manger des œufs sur des toasts avec des haricots quand on arriverait, et dans ma tête je me disais : « Je l'ai trouvée, je l'ai trouvée, je l'ai trouvée ! » Je savais que Violet serait enchantée.

En arrivant, je remis Jed à mam comme un paquet, ce qui les énerva probablement tous les deux, et je me rendis directement à la bibliothèque pour réserver un ordinateur et chercher Violet Park, la pianiste. Je l'avais déjà fait un bon nombre de fois pour mon père, mais je tombais toujours sur ses mêmes vieux articles, ou des trucs qui étaient parus au moment de sa disparition, jamais rien de précis sur lui. J'avais donc laissé un peu tomber, ces derniers temps.

La bibliothèque de Queens Crescent n'est pas trop mal. Elle est située dans un immeuble en forme de boîte, avec des appartements, et tout en haut une tour de refroidissement bizarre, en briques jaunes. C'est plutôt bruyant à l'intérieur, si l'on considère les règles en vigueur, et tous les jouets, livres, meubles finissent par être cassés, ou piqués. C'est surtout plein de gens qui n'ont pas de meilleur endroit où aller, c'est pourquoi ceux qui travaillent là sont plutôt cool. Ils s'adressent à tout le monde de la même façon, quelle que soit la personne qui se trouve en face d'eux. Quand on y pense, n'avoir nulle part où se sentir bien est l'une des sensations les plus merdiques qui soit. J'ai de la chance, parce que j'ai ma chambre à moi, et qu'une seule personne m'engueule à la fois. Mais si en rentrant chez moi, tout le monde m'engueulait et voulait que je m'en aille ailleurs, la dernière chose dont j'aurais envie en arrivant à la bibliothèque, ce serait que des gens que je ne connais même pas se mettent également à crier contre moi parce que je me trouve là.

Pour la ravissante mère d'Ed, tous les jeunes du quartier sont des voyous, des « thugs », comme elle les appelle en appuyant le mot contre sa langue, pour que ça donne vraiment un son affreux. Tous ceux qui ont moins de vingt ans, ou qui n'ont pas beaucoup d'argent, surtout de sexe masculin (mais les choses sont en train de changer), tous ceux qui restent dehors après la tombée de la nuit sont des « thugs » pour la mère d'Ed. J'ai dit à Ed qu'il devrait lui répéter ce que nous avons appris sur les Thugs en histoire, que c'était une incroyable caste d'assassins en Inde, il y a un siècle ou plus. Ils étranglaient les gens avec une longue écharpe contenant une roupie cousue à chaque bout. Leur destin était d'être thugs, ils n'avaient pas le choix, et l'acceptaient, comme si c'était dans l'ordre des choses. Ils avaient des rites d'initiation, des codes d'honneur, et tout l'attirail, ils ne se contentaient pas de traîner au coin de la rue, en portant des survêtements de merde, et en fumant de la dope.

J'écrivis VIOLET PARK, lançai le moteur de recherche, et obtins 71 600 réponses.

Elle était là, ma Violet, dans le bas de la première des 832 pages qui donnaient à peu près ça :

- Un livre nommé *Le Feu de Violet* par Quelqu'un Park qui semblait traiter de la couleur des yeux d'une fille, ou quelque chose comme ça.
- *La Voix de Violet* et un tas d'autres choses de l'African Violet Society, gérée par une femme du nom de Mrs Park.
- Un site appelé FLEURS POUR TOUJOURS à propos de deux petites filles en Amérique, Janice et Violet mortes dans un incendie, et d'une élève d'une classe de seconde, qui a écrit un poème pour elles.
- Violet Park Sneddon de Manchester, décédée il y a deux ans, le 8 septembre, à l'âge de 73 ans.
- *Grosses filles et nanas potelées*, avec Jenny Park, Violet et Tia Lorene, un film auquel j'aurais bien jeté un coup d'œil si je n'avais été dans une bibliothèque où ils bloquent ce genre de choses.

- Violet Mary Park, originaire de Maidstone, 19 avril, 57 ans (toujours en vie).
- Violet Park, Indiana, la jardinerie d'une compagnie qui détient également Ménagez les lis à Welfleet, Massachusetts.
- Violet Park Barker, originaire de Blair Gowrie en Écosse (1913-1978).
- Violet's Rubber Stamp à Ventura, Californie – atelier de gravure sur tampons, matériel et cours.
- Orlando Park, un écrivain, cascadeur, entraîneur de chevaux, domicilié à Violet Farm, en Nouvelle-Zélande.
- *Démence de la Troisième Dimension*, à propos des voyages dans le temps, ou de la mémoire, je n'ai pas très bien compris.
- Violet Park, 1927-2002, pianiste. Voir Femmes Exceptionnelles de Tasmanie.

Bingo !

Le site *Femmes Exceptionnelles de Tasmanie* rend un hommage appuyé à Violet Park.

Belinda, une amie de ma mère, qui a vécu en Tasmanie quand elle était petite, dit que l'une des rares choses dont elle se souvienne, c'est que son professeur d'équitation avait une moustache noire, du rouge à lèvres orange, et que c'était une femme. Il n'y a pas de femme moustachue sur ce site, mais une photo en noir et blanc de Violet, à l'âge de vingt-six ans, comme les portraits qu'on faisait dans les studios de cinéma. Violet quand elle était jeune et vivante.

Elle a les yeux baissés, et regarde légèrement en biais, comme sur beaucoup de photos de ce genre, elle a un nez fin, légèrement recourbé de profil, de très longs cils, et son visage, fortement ombré par de la poudre, semble être d'argile froide et lisse. Ses cheveux sont coiffés dans ce style que beaucoup de vieilles dames adoptent encore aujourd'hui, parce que c'était la mode quand elles étaient jeunes, roulés vers l'intérieur, contre le visage, mi-longs, avec la raie sur le côté, et on pouvait deviner qu'elle avait mis des bigoudis avant de se faire prendre en photo.

Elle n'est pas aussi jolie que je l'espérais, mais elle attire l'attention. Même sur la sortie imprimante de l'ordinateur que j'ai fixée au mur de ma chambre, et qui est de mauvaise qualité, toute grise et granuleuse, Violet a quelque chose qui vous donne envie de continuer à la regarder.

Violet était une pianiste de concert originaire de Hobart, Tasmanie, et elle vivait entre l'Australie,

Singapour, Los Angeles, et Londres. Elle a fait du cinéma, parce qu'elle a rencontré quelqu'un à une fête qui préparait un film sur une pianiste dérangée, et que l'actrice qui jouait le rôle ne savait pas jouer une note. Les mains de Violet sont réellement dans ce film. Il s'appelle *Le Dernier Voile*, et il est très daté, mais les mains de Violet volent sur les touches comme de petits oiseaux.

À partir de là, on la voit, ou plutôt on voit son jeu au piano, dans un tas de films. Je les ai loués dans une bonne boutique vidéo de Camden. Les gens, en Australie, ont une curieuse prononciation, ils disent « heppy » au lieu de « happy », et prononcent distinctement les r, les t, et les s, même au plus fort d'une crise émotionnelle. Ces films ont des titres comme *Cruelle rencontre*, *La Fille fleur*, et *Où sont passés tous les hommes bons ?*

Je les ai apportés chez Pansy et Norman, pour que Violet puisse les voir. Pansy était ravie, elle a tiré les rideaux, débranché le téléphone (qui ne sonne pourtant pas souvent) et elle s'est assise sur le canapé avec Norman, en disant que c'était un voyage sur le chemin de la mémoire, comme au temps où ils allaient voir des films au Roxy. Puis elle s'est mise à glousser comme une écolière, et j'en ai déduit que

Norman et elle avaient dû faire pas mal de choses au fond de la salle, mais je n'ai pas posé de question. Chaque fois que la musique du piano déferlait sur l'image, Pansy regardait l'urne de Violet sur la tablette de la cheminée, et elle hochait la tête en signe d'approbation. Je voyais qu'elle s'habituait à sa présence. Ça me réchauffait le cœur, vraiment.

X

Il y a toutes sortes de questions qui peuvent révéler le genre de personne que nous sommes fondamentalement. Je ne parle pas de ces questionnaires inutiles qu'on trouve dans les magazines que Mercy laisse traîner un peu partout. Je parle des questions auxquelles les gens répondent d'une façon ou d'une autre, et dont les réponses dévoilent vraiment quelque chose d'eux. Par exemple :

- Êtes-vous pour la peine de mort ?
- Si quelqu'un vous offrait un million de livres sterling, est-ce que vous mentiriez à sa demande sur un sujet important ?
- Pensez-vous qu'il faille être monogame (c'est-à-dire, avoir un seul partenaire pour la vie, comme les cygnes et les homards)?

- Si vous trouviez le journal intime de quelqu'un, est-ce que vous le liriez ?

Le problème, c'est qu'on sait ce qu'il faut répondre, ce qu'on est censé dire pour convaincre tout le monde qu'on est quelqu'un de bien. Alors qu'en réalité, c'est seulement quand on se trouve confronté à une situation donnée qu'on voit réellement qui on est. J'en suis sûr, parce que j'ai trouvé le journal de mam, et que je n'ai pas hésité une seconde à le lire. Je ne m'attendais pas à ça de moi, j'étais franchement choqué.

J'aurais bien aimé trouver le journal de Violet – j'aurais nettement préféré découvrir les secrets d'une mystérieuse vieille dame morte plutôt que ceux d'une personne que je vois tous les jours, qui lave mon linge, m'embrasse au moment d'aller me coucher, et n'imagine pas que je sais ce qu'elle pense. Parce que celle qui est dans le journal de mam n'est pas mam, c'est Nicky, la femme qu'elle est lorsqu'elle est seule, et qui n'est pas telle que je la croyais. Ni pire ni meilleure, simplement différente, plus compliquée, moins touchante peut-être, plus réelle.

La première fois que j'ai fourré mon nez dans ce journal, je ne m'attendais pas à y trouver quoi que ce soit d'intéressant, mais plutôt des phrases du style :

emmener Jed chez le dentiste, dîner avec David, ou yoga 19 heures, ce qui montre à quel point j'étais loin du compte. Voilà la première chose que j'ai lue :

Quand je n'en veux pas terriblement à Pete de m'avoir abandonnée, je suis jalouse de lui, parce qu'il a réussi à partir le premier. Seul un de nous deux pouvait s'évader.

Vous pouvez donc comprendre pourquoi j'ai continué à lire, ou pourquoi j'aurais mieux fait de m'arrêter.

Il en ressort que mam voit une psy qui s'appelle Janie Golden, et qui lui a demandé d'écrire (tout est sur des sorties d'imprimante agrafées à l'intérieur de la couverture) ses pensées et ses sentiments pour pouvoir en parler.

Prêt pour la suite ?

J'ai rencontré Pete à une fête quand j'avais dix-neuf ans et lui vingt-six. Il était si sûr de lui, si beau, et puis tout le monde tournait autour de lui parce qu'il sortait tout juste d'une galère quelconque ; j'étais tellement flattée qu'il ait envie de parler avec moi, que j'ai oublié qu'il ne me plaisait pas tant que ça. Je n'aurais jamais deviné qu'il m'entraînerait dans cette vie où j'ai fini.

Je n'arrêtais pas de me dire que je ferais mieux de remettre le journal à sa place, parce que je n'aimais pas ce que je lisais, mais en même temps, je ne pouvais pas m'arrêter, je ne pouvais vraiment pas.

Bien sûr, ce n'était pas du tout un honneur pour moi, c'en était un pour lui. J'aurais pu avoir qui je voulais, à cette soirée. Simplement, je ne le savais pas. On ne le sait jamais sur le moment. Quand j'aurai soixante ans, je dirai à tout le monde que j'étais une belle femme de quarante ans, mais maintenant, je n'ai pas l'impression d'en être une.

On oublie toujours que nos parents ont eu une enfance, et ils admettent si rarement qu'ils ont tort, qu'ils nous lavent le cerveau d'une certaine manière, nous persuadant qu'ils sont parfaits. Ma mère a pourtant commis quelques erreurs ! J'ai le sentiment qu'elle regrette tout ce qu'elle a fait, ou presque. Comme si elle ne savait jamais vraiment qui elle était sur le moment, et qu'elle ne s'en rendait compte qu'après, lorsqu'il était trop tard.

Pour chaque décision que je prends, il y a l'autre choix possible, la voie alternative, et dès que je l'ai écarté, je me surprends en train de le regretter. Paire de chaussures, ou mariage, c'est la même chose.

Je ne me suis jamais réellement demandé si mes parents étaient amoureux l'un de l'autre. Ce n'est pas une question qu'on se pose. Je ne me suis jamais intéressé à la racine des choses, parce que ce n'étaient pas mes affaires. Mam plaisante depuis des années sur son épouvantable mariage, et je croyais simplement que c'était une façon de rire de son chagrin. Maintenant, je ne sais plus quoi penser.

Un de mes enfants m'a demandé pourquoi on parlait de famille nucléaire, et j'ai répondu que c'était parce que la famille explose avec des conséquences dévastatrices. Je suis sûre que ça a déjà été dit avant. Il n'y a pas une seule pensée originale en moi.

Là, il y a quelque chose que je n'aurais jamais su, si je n'avais pas mal agi en violant l'intimité de ma mère. Quand j'avais neuf ou dix ans, elle a rencontré un homme dont elle est tombée éperdument amoureuse. Il ne s'est rien passé, mais elle avait envie de tout abandonner pour lui. Elle a donc décidé de ne plus jamais le revoir, de ne plus jamais lui parler ni rien, de peur de ne pas maîtriser ce qui serait arrivé. J'aurais voulu lui poser un tas de questions, comme: est-ce que ça en valait la peine? Et: pourquoi est-ce que tu ne cherches pas à le revoir, maintenant? Et: es-tu sûre de ce que tu éprouvais vraiment? Dans son carnet, elle dit qu'au bout d'une semaine à peine, elle avait complètement oublié à quoi il ressemblait, qu'elle se rappelait seulement certaines parties de son physique, un œil, un bout de mâchoire et de dents, ses mains. Je voudrais lui dire qu'elle aurait dû le revoir, et poursuivre sa relation avec lui jusqu'à ce que quelque chose la gêne, comme le voir se gratter le nez, ou être désagréable avec une serveuse, pour qu'il devienne réel et aussi pénible que nous le sommes nous, que l'était papa, au lieu de l'imaginer inaccessible et parfait. Alors, elle n'aurait pas été réduite à en parler au psy si longtemps après. Mais si je disais quoi que ce soit à ce sujet, elle saurait où j'ai pris mes informations, et elle m'en voudrait sans doute terriblement.

Mam pense qu'elle dispose d'environ une heure pour elle-même, en général vers dix heures du soir, mais elle oublie instantanément ce qu'elle a rêvé de faire toute la journée, elle regarde ce qu'il y a à la télé dans le journal, et finit par ne rien faire. Pour moi, ne rien faire serait plutôt le but à atteindre, mais ça doit changer à un certain moment, parce que ma mère, ça la rend triste.

Mam a beaucoup de choses à dire sur nous, dans son carnet. Elle voit clair en Mercy, parce qu'elle est passée par là, elle aussi, qu'elle a fait les mêmes choses. Elle pense donc qu'il vaut mieux ignorer Mercy autant que possible, jusqu'à ce que celle-ci sorte du tunnel, et soit capable de ramasser les morceaux. J'imagine que mam veut parler du sexe, des drogues, du piercing sur la langue, et elle a sans doute raison de réagir comme ça. Elle dit des choses très gentilles sur Jed, comme nous tous d'ailleurs, parce qu'il est notre petite mascotte, une sorte de porte-bonheur, qu'il n'a pas été ébranlé par le cadavre dans le placard, qu'il est protégé par ses Lego, les écureuils et le fromage Babybel. Elle redoute le moment où elle se fera rembarrer, n'étant plus pour lui la Personne La Plus Importante du Monde, elle sait que ça commence à venir, ce qui la rend un peu collante. Elle écrit des drôles de choses sur moi, et bien sûr c'est ma faute si ça me fout en l'air, puisque je n'étais pas censé les lire.

Je suis inquiète au sujet de Lucas. Il se transforme en son père, exprès, sous mes propres yeux, et il le fait mal parce qu'il n'a jamais vraiment connu Pete, il n'agirait pas comme ça si son père était encore là. Il ne sait pas la moitié de ce qui s'est passé, et je ne pense pas pouvoir le lui dire.

J'aurais préféré ne pas en savoir autant sur ma mère.

XI

Ma mère, les dents c'est son truc. Elle est vraiment stricte là-dessus. Nous devons tous nous laver les dents sans arrêt et utiliser du fil dentaire deux fois par jour. Elle devient folle avec Mercy à cause des taches de nicotine. Certains soirs, quand je rentre vraiment tard, je tourne la clé dans la serrure en refermant la porte pour ne pas faire de bruit, je monte l'escalier sur la pointe des pieds le plus doucement possible, je passe devant sa porte, mes chaussures à la main, et elle me crie :

– Lave-toi les dents, Lucas !

On dirait qu'elle a attendu toute la nuit uniquement pour me lancer ça, comme si elle voulait nous faire comprendre qu'elle ne peut peut-être plus nous contrôler, ni même savoir où nous sommes la moitié du temps, mais qu'elle ne laissera jamais tomber le chapitre dents.

L'arrière de la maison de la dentiste donne sur Apollo Cars, au-dessus d'un minimarket, autrefois garage Citroën, qui sent très fort le poulet rôti. On sonne à la porte, on monte quelques marches, et on est arrivé.

Il y a un tableau dans son cabinet. J'ai dû le voir très souvent, deux fois par an pendant plus de huit ans, pour être précis. Je le regardais en écoutant distraitement la dentiste bavarder sur des choses bizarres, comme les propriétés émotionnelles des fleurs ou les similitudes entre une toile d'araignée et Al-Qaïda.

Mais c'est la dernière fois, renversé sur le fauteuil, le visage distendu par ma bouche grande ouverte, et les gants chirurgicaux de quelqu'un à l'intérieur, que je le vis enfin réellement.

C'est un portrait de Violet.

Je crois que je faillis en avaler la main de la dentiste.

J'en eus la chair de poule, comme si Violet me suivait partout ou quelque chose comme ça. Qu'est-ce qu'elle faisait là ?

Je me demandai : est-ce que ça a toujours été un portrait de Violet, ou est-ce qu'elle hante un portrait différent, uniquement pour communiquer avec moi ? Quand je partirai, est-ce qu'elle disparaîtra, et sera remplacée par une vue de l'océan ou le dessin d'un petit enfant avec un chien ?

Car je n'avais pas du tout l'impression de voir une peinture, mais la vraie Violet Park, qui me regardait du haut du mur.

Nous ne pouvions pas nous quitter des yeux.

Elle était dans un large cadre en bois, qui faisait apparaître le portrait beaucoup plus grand qu'il ne l'était, à peu près de la taille d'une boîte de chaussures, je pense. J'aimais bien ce tableau, la façon dont on pouvait voir clairement les plis de son chemisier, chaque mèche de cheveux, et ce genre de détails. Elle était rousse. Je ne pouvais pas le savoir à partir de la photo en noir et blanc, ses cheveux auraient pu être de n'importe quelle couleur. Elle avait quelque chose de timide – sa façon de tenir la tête, son regard de côté – et quelque chose de dur, aussi, pas du genre à se laisser peloter, les narines dilatées, comme celles d'un cheval, et le menton prononcé. On voyait de larges traits de pinceau dans le fond, comme si celui ou celle qui avait peint, était un peu pressé, et qu'en arrivant à cet endroit, il avait peint à grands coups de brosse splash splash splash.

Mais elle avait des yeux incroyables. Verts, presque en 3D, là où la peinture avait été rajoutée et grattée.

J'avais beau savoir que ce n'était qu'un tableau, et que les touches de blanc par-dessus les autres couleurs simulaient la lumière mais n'étaient pas vraiment de la lumière, les yeux étaient si réels, si convaincants, si vivants, que j'étais comme envoûté.

C'était Violet sans aucun doute possible, et sans aucun doute possible, elle me regardait.

Ayant récupéré ma bouche après l'avoir rincée et avoir craché, je demandai :

– Est-ce que c'est Violet Park ? en espérant avoir un ton dégagé pour compenser le fait que je me sentais rougir et que j'avais des sueurs froides.

La dentiste répondit oui, et me demanda d'où je connaissais Violet.

– Je l'ai vue dans le coin, dis-je, ce qui n'était pas très convaincant, vu qu'elle était morte depuis cinq ans.

Puis la dentiste me tourna le dos, écrivit quelque chose dans un carnet et dit trois choses :

– Violet habitait par ici, dans la maison verte de Chalcott Crescent. C'est un autoportrait qu'elle nous a laissé dans son testament.

Ensuite, elle m'a dit de laisser une enveloppe à mon nom et adresse à la réception, pour qu'on puisse m'envoyer un rappel dans six mois, enfin, elle a ajouté que j'avais d'excellentes dents, et elle m'a accompagné jusqu'à la porte.

Je suis sûr, maintenant, que Violet essayait de me parler.

J'étais stupéfait qu'elle ait laissé un vrai testament.

Je n'imaginais pas qu'elle peignait aussi bien.

Je me demandai si quelqu'un de chez la dentiste était allé aux obsèques de Violet, ou s'ils pouvaient imaginer qu'elle était restée coincée dans cette urne si longtemps, juste sous leur nez.

La maison de Violet est d'un vert grisâtre, avec de larges fenêtres à guillotine. Il y a une vieille glycine qui monte haut le long des murs, des marches en fer qui descendent au sous-sol, et une boîte à lettres en métal noir. Elle est située au creux d'une courbe à Primrose Hill, exactement à l'endroit où aboutit une autre rue, si bien qu'en descendant cette rue, on la voit tout le temps. De l'intérieur de la maison, si l'on regardait par la fenêtre, on devrait avoir une bonne vue sur le parc entre deux toits. C'est l'une des plus belles demeures du coin, ce qui veut dire quelque chose, même si elle est un peu délabrée, que la peinture s'écaille partout, et que les tuyaux sont couverts de mousse.

J'étais passé au moins une centaine de fois devant cette maison, avant de savoir que c'était celle de Violet.

Elle m'était si familière que je n'y avais jamais fait très attention, mais tout à coup, elle était nouvelle, étrange, et je mourais d'envie d'entrer à l'intérieur. Je m'arrêtai devant en revenant de chez la dentiste. Je restai planté au milieu, mes mains sur la grille, me sentant comme aspiré par la maison. Je ne voulais plus partir. Je crois que j'en contemplai chaque centimètre, jusqu'à ce qu'elle me semble aussi intime et vivante que le visage de quelqu'un, avec sa peinture de la couleur pâle du dos d'une feuille, s'effritant comme la peau, avec ses tuyaux et ses fils électriques, véritable réseau veineux, et chaque fenêtre qui renvoyait une lumière et des formes différentes, dont la mienne dans celles du rez-de-chaussée, en train de regarder à l'intérieur.

XII

J'avais réfléchi à ce que mam disait de moi dans son journal, à savoir que j'étais une version mal cuite de mon père. J'y avais réfléchi, même si je n'étais pas censé avoir la moindre idée de ce qu'elle pense.

Assis dans ma chambre, je ressassais la même question : Est-ce que je me souvenais correctement de mon père ?

Ce n'est sans doute pas un hasard si je n'interrogeais presque jamais ma mère à son sujet, mais toujours Pansy. Peut-être que Pansy le voyait tel que je le voulais, en restant plus ou moins aveugle, sans la lumière cruelle de la réalité. Après tout, jusqu'à quel point les mères connaissent-elles leurs fils ? Je traînais en compagnie d'une femme morte, je ne dormais pas beaucoup, je dérobais les pensées les plus intimes de mam, et elle ne s'en doutait pas le moins du monde.

Il ne serait donc pas étonnant que le fils adulte de Pansy, qui a disparu depuis cinq ans, soit pratiquement un étranger pour elle.

Maintenant que j'y pense, je me demande jusqu'à quel point on connaît ses propres parents. Je commence tout juste à apprendre. Au début, on croit qu'ils gouvernent le monde, et à partir de là, on n'arrête pas de descendre la pente. Les parents font trop de choses qui vous laissent pressentir qu'ils sont loin d'être parfaits. Par exemple :

- Parler comme ils pensent que les jeunes parlent (et ils le font mal, atrocement mal).
- Se soûler trop vite ou trop souvent.
- Être désagréable avec des gens qu'ils ne connaissent pas.
- Flirter avec vos profs et vos amis.
- Oublier leur âge.
- Utiliser leur âge contre vous.
- Se faire faire des piercings.
- Porter des pantalons en cuir (les deux sexes).
- Conduire mal (et ne pas l'admettre).
- Mal cuisiner (idem).
- Se laisser aller.
- Chanter sous la douche/en voiture/en public.

- Ne pas s'excuser quand ils ont tort.
- Vous engueuler ou s'engueuler entre eux.
- Vous battre ou se battre entre eux.
- Vous voler ou se voler entre eux.
- Vous mentir ou se mentir entre eux.
- Dire des blagues grossières devant vos amis.
- Vous faire de la peine devant vos amis.
- Essayer d'être votre pote quand ça les arrange.

Même avec des parents formidables, la liste est interminable. Ils ne peuvent pas toujours avoir le dessus. J'avais onze ans quand papa est parti.

Et soudain, je suis frappé par l'idée qu'au lieu de souffrir de son absence, de rêver de lui, de le voir partout dans la foule, et de le transformer en une sorte de superman, de père mythique, j'aurais pu être en train de me disputer avec lui, d'acheter des disques avec lui, de me soûler, encore mineur, avec lui, de lui voler de l'argent, de le traiter d'hypocrite, de me rendre compte qu'il a une mauvaise haleine. Des choses réelles, des choses contradictoires, au lieu de me représenter des scènes parfaites, qui n'existent que dans ma tête.

Papa n'a pas été contraint de supporter tout ce que nous avons infligé à mam. Par exemple ma phase hyper critique, quand tout ce qu'elle faisait me paraissait humiliant, que je ne supportais même plus de l'entendre respirer, mâcher, que la voir ouvrir la bouche pour parler suffisait à me mettre de mauvaise humeur.

Mon père y a échappé, parce que je pensais qu'il était parfait, e t qu'il n'était pas là.

Pendant son absence, j'ai appris des choses sur ma mère, peu à peu, des bonnes et des mauvaises. Selon toute logique, la façon dont je vois mon père aurait changé pendant ce temps-là aussi.

Je commençais donc à croire que mam avait raison en ce qui me concerne, et que nous avions besoin d'en parler. Mais je ne savais pas du tout comment aborder le sujet.

XIII

C'est à peu près à ce moment-là, que Pansy est tombée d'une échelle. À moins que ce soit d'une chaise, enfin, peu importe, elle est tombée, et s'est cogné la tête contre le plan de travail. Elle s'est réveillée environ vingt minutes plus tard, avec une hanche cassée, et une commotion cérébrale, tandis que Norman, recroquevillé dans un coin, pleurait parce qu'il pensait qu'elle était morte, et qu'il avait oublié le numéro des urgences. Elle avait essayé de fermer une fenêtre.

Au moins, elle n'aurait pas ce problème au London Free Hospital. Cet endroit est scellé comme un aquarium, et il pue autant. La salle de Pansy, au huitième ou au neuvième étage, était pleine de vieux attendant désespérément une bouffée d'air de l'extérieur. Je suis allé la voir juste après la classe, et j'ai emmené Jed avec moi, parce que mam s'était précipitée à l'hôpital à toute allure, et qu'il n'y avait personne pour aller le chercher à l'école. Nous avons franchi les portes coulissantes sous un souffle d'air chaud, et l'odeur nous a immédiatement frappés, une odeur de lino, de chou, de parfum de vieille dame.

– C'est un restaurant ou une boutique ? m'a demandé Jed.

– Les deux, pour les gens malades, ai-je répondu.

Jed n'est pas à l'aise avec les ascenseurs. Au moment d'y entrer, il s'arrête toujours comme un lapin ébloui par les phares d'une voiture, convaincu que les portes vont se refermer sur lui, et comme il s'arrête et met un peu trop de temps à entrer, c'est ce qui arrive en général.

Nous avons pris l'escalier.

Pansy était au milieu de la salle Edwin Sprockett, allongée dans son lit, elle portait une liseuse d'une couleur pêche criarde. Le lit était comme rembourré autour de ses jambes, et elle ressemblait à l'une de ces poupées aux longues jupes tricotées que les gens de son âge mettent dans les toilettes, par-dessus les rouleaux de papier. Elle n'avait pas ses dents dans la bouche, et le bas de son visage était tout affaissé. Les dents étaient dans un gobelet posé sur le casier à côté de son lit. Agrandies à travers le plastique, elles paraissaient floues, massives, et Jed ne les quittait pas des yeux. Il y avait une multitude de dents dans une multitude de gobelets, dans cet endroit.

Mam sembla soulagée de nous voir. Elle avait du mal à communiquer avec Pansy, ça ne faisait aucun doute. Je lui dis que si elle voulait rentrer à la maison et donner son goûter à Jed, je pouvais rester là encore un moment. Mam me fit un clin d'œil, donna un baiser rapide et irrité sur la joue de Pansy, et partit avec Jed. Elle n'avait qu'une envie, sortir d'ici, c'était évident. J'imagine que les relations peuvent être un peu tendues, quand deux femmes ont été abandonnées par le même homme. La seule présence de mam et de Pansy dans la même pièce leur rappelle l'une à l'autre ce qu'elles ont perdu. Ce qui m'a frappé pourtant, assis à côté de Pansy, et regardant mam s'éloigner, c'est que si elles ne s'entendaient pas, ça ne venait pas de Pansy, mais de ma mère. Les souvenirs ne dérangent pas Pansy, pas du tout ; elle les recherche, même. Mam, en revanche, ne peut pas les supporter. Mam veut oublier.

Je pensai à ce que mon père était pour chacune d'elles. Pour Pansy, un fils parfait, intelligent et beau, pour mam, un mari difficile, arrogant, absent. Elles avaient peut-être souffert pour deux hommes différents.

Combien de versions de papa regrettons-nous tous, Mercy, Bob, Norman, mam, Pansy et moi ? Une version différente pour chacun de nous et pas une seule d'entre elles qui corresponde à la réalité.

À l'exception de Jed, peut-être, puisque pour lui, papa est égal à un espace vide.

Pansy ne supportait pas l'hôpital. Elle dit qu'une pièce sans air, remplie de gens malades, c'est comme mourir dans un Tupperware. Elle dit qu'il était impossible d'avoir la moindre intimité, et que personne n'avait envie d'être vieux, en chemise de nuit, et de se retrouver dans un bocal de poisson rouge. Elle dit qu'elle n'aurait jamais pensé regretter un jour sa résidence de retraités, mais qu'on apprend à tout âge.

Elle me raconta qu'après sa chute, elle a flotté au-dessus de son corps et s'est vue d'en haut, étalée sur le sol de la cuisine. Mais son expérience d'état de mort imminente ne l'a pas beaucoup impressionnée :

– Quand j'ai cherché un peu partout ce tunnel vers l'au-delà sur lequel j'avais lu quelque chose dans le *Reader's Digest*, il y avait que dalle, me confia-t-elle.

Pansy était surtout inquiète pour Norman, elle se demandait comment il s'en sortait sans elle. Je lui suggérai qu'en ce moment même Jack et lui devaient s'empiffrer de sucreries, et échanger des histoires de guerre, mais elle ne trouva pas ça aussi drôle que je l'avais espéré. Elle me demanda d'emporter les cendres de Violet chez moi pendant que Norman était tout seul. Elle craignait qu'à force de les voir, il croie que quelqu'un était mort, et que ça le bouleverse. J'essayai de lui remonter le moral en lui parlant du site internet sur Violet, de son portrait, de la façon dont j'avais découvert chez la dentiste que Violet avait vécu pratiquement au coin de la rue, et ainsi de suite. Mais Pansy n'écoutait pas vraiment, et puis l'infirmière est arrivée pour annoncer que c'était l'heure de la toilette de Pansy, signal pour moi qu'il était temps de partir.

Comme ma grand-mère me l'avait demandé, je me rendis directement chez Norman. Il m'ouvrit la porte, l'air déconcerté et un peu larmoyant. L'aide ménagère – une femme qui plaisantait chaleureusement, sifflotait avec entrain – était là, et j'eus l'impression que Norman avait peut-être pensé être marié avec elle. Il luttait pour cacher sa déception. Lorsqu'il me suivit dans le séjour et vit l'urne, il recommença à verser des larmes, mais je ne pus obtenir de lui qu'il me dise de qui il pleurait la mort.

– C'est Violet, grand-père, lui criai-je par-dessus le bruit de l'aspirateur.

Norman sembla horrifié, et s'exclama :

– Violet ? Quand est-elle morte ?

Mais je n'avais pas le temps de lui donner d'explications.

Je laissai à Violet le temps de jeter un dernier regard autour d'elle, puis je vérifiai que son couvercle était bien vissé, et je la fourrai dans mon sac à dos. Comme je ne pouvais pas l'emporter à la maison et expliquer à qui que ce soit pourquoi j'avais ce que j'avais dans mon sac, j'allai chez Bob.

Question : comment vous présentez-vous chez quelqu'un avec une dame morte dans votre sac ?

Réponse : Vous n'en dites rien.

Pendant que Bob était dans la cuisine, je flanquai mon sac au fond de son armoire. Violet était furieuse contre moi de l'avoir amenée là. Je sentais sa colère filtrer à travers le tissu de mon sac à dos. Cet endroit était le contraire de la maison de Pansy et Norman. Il n'y avait pas d'ornements en cuivre, pas d'assiettes murales représentant les noces royales, et pas de napperons sur les meubles. Bob n'est pas très porté sur la décoration, ni même sur le ménage. Il y avait un hall d'entrée qui sentait la soupe aux choux. Il y avait une ampoule nue dans la salle de bains, des bougies, des bâtons d'encens, et pas de télé.

Tout cela ne fit vraiment pas bonne impression sur Violet.

Bob prépara un peu de thé vert, que les bouddhistes zen boivent, m'expliqua-t-il, pour se concentrer avant de méditer. Je l'avalai, en pensant qu'avoir les idées claires ne me nuirait pas en ce moment. Il avait un goût d'herbe. Bob me demanda comment ça se passait à la maison, je répondis par un vague grognement.

– Ta mère s'inquiète pour toi, me dit-il.

– Ouais, elle pense que je suis en train de devenir comme papa.

– Et c'est vrai ?

– Comment veux-tu que je le sache ?

Il admit que j'avais marqué un point.

Ensuite, j'ajoutai que mam avait assez de problèmes de son côté sans en inventer à mon sujet, et Bob me cloua le bec, d'une certaine façon, parce qu'il me lança :

– Ah bon, comme ça, tu connais l'état d'esprit de ta mère, tu es expert en la matière ?

Je lui avouai alors que j'avais trouvé le journal de mam et que je n'avais pas pu m'empêcher de continuer à le lire, même si je n'étais pas ravi d'apprendre ce qu'il m'avait appris.

C'était un grand soulagement de pouvoir en parler à quelqu'un.

Bob me dit que je devrais arrêter ça, parce que c'était une violation de la vie privée.

– C'est impardonnable, déclara-t-il.

Il me laissa entendre qu'il y avait des façons de parler de ce que j'avais lu sans admettre que je l'avais lu.

Je lui rapportai qu'elle avait écrit *j'aurais voulu aimer Bob*, parce que je pensais que ça devrait l'intéresser, mais il fronça simplement les sourcils, et regarda le tapis.

Avant de partir, il me demanda comment allait Pansy. Mam lui avait téléphoné pour lui raconter ce qui s'était passé. Je lui parlai du flirt de Pansy avec l'au-delà, et de sa déception en s'apercevant que ça ne correspondait pas à ce qu'elle attendait. On en conclut tous les deux que c'était Pansy tout craché. Même le Paradis n'était pas à la hauteur.

XIV

Mon ami Ed, celui qui a une mère élégante et une maison à Primrose Hill, décréta que j'avais toujours été bizarre, et que je le devenais de plus en plus. Il dit qu'il avait toujours bien aimé que je m'habille comme un vieux et que je parle tout seul (à ce qu'il paraît), sans trop m'occuper de ce que les gens racontent à mon sujet. Mais ensuite, il ajouta que je devrais commencer à faire attention, parce que les gens qui parlent de moi sont des filles, des jolies filles, et qu'il voudrait sortir avec l'une d'elles. Ed attendait de moi que j'aille boire un verre avec ces jolies filles, sans m'habiller comme un vieux, sans parler tout seul, sans être anxieux ni manifester mon envie d'être seul, autrement dit sans être moi du tout, mais l'ami parfait qu'il voulait que je sois.

Je redoutais ce genre de choses. Mais j'y allai quand même, parce que Ed est mon ami, que je n'en ai pas beaucoup en réalité, et que même si nous sommes différents, je tiens à lui.

Je ne sais plus très bien comment j'ai rencontré Ed. Il était dans mon champ de vision depuis un moment avant que nous ne nous parlions vraiment. Nous étions tous les deux plutôt solitaires quand il est arrivé à l'école, et nous avons fini par être solitaires ensemble. Ed est arrivé en troisième, au milieu d'un trimestre. Il était passé d'une école élitiste et coûteuse à l'autre, se faisant renvoyer à chaque fois. Selon Ed, il suffit de pas grand-chose pour qu'on vous demande de partir. Sa mère s'arrache les cheveux, malgré ses super brushings, en pensant qu'il reçoit une éducation aussi bas de gamme, mais Ed affirme que cette école est la première qui lui plaise, et chacun devra accepter que l'autre reste sur ses positions. Ed, bien sûr, ne détonne plus comme au début, à son arrivée. Il s'est parfaitement bien intégré. Tout le monde l'aime bien.

Nous sommes donc allés boire un verre, même si c'était la dernière chose dont j'avais envie. C'était un soir agréable dans le quartier de Camden. Le ciel, même si on n'en voyait qu'un peu, se maquillait en rose, violet et or, au-dessus des Stables Market. Je n'ai jamais eu de problème avec mon âge pour entrer dans les pubs, sans doute parce que je suis grand, mais comme c'était un endroit qu'on ne connaissait pas, Ed s'est dirigé tout droit dans le jardin, juste au cas où. J'ai pris une Guinness, écœurante et délicieuse à la fois. Ed buvait à la bouteille une bière à la mode, et se rongeait les ongles.

– Elles sont en retard, elles ne vont pas venir, dit-il, alors qu'on venait de s'asseoir.

Je ne sais pas lequel de nous deux était le plus nerveux. Ed m'avait déjà expliqué ce qu'il estimait nécessaire que je sache, c'est-à-dire que les filles s'appelaient Natalie (la blonde), Martha (la brune), et qu'elles avaient toutes les deux dix-sept ans. Natalie la blonde faisait partie d'une équipe de gymnastique, avait le nombril percé et était pour Ed, je ne devais donc essayer de l'impressionner en aucun cas. Je pouvais avoir Martha apparemment, dont Ed ne s'était pas préoccupé de savoir quoi que ce soit.

J'étais juste en train de remarquer que par un ironique retour des choses, c'était Ed qui était nerveux et crispé (pour une fois), et pas moi, quand les filles arrivèrent. J'en eus le souffle coupé, parce que si Natalie était très jolie (dans le genre charmant), et qu'elle ne m'attirait pas du tout, Martha était si belle que j'en aurais pleuré.

Pendant cette première soirée avec Martha, je passai la plus grande partie de mon temps à la regarder. Je ne la quittai pas des yeux un instant, et elle dit qu'elle m'en a été reconnaissante. Elle dit qu'en général, les gens ne la remarquent pas.

Je ne sais pas comment c'est possible.

Lorsque Martha m'appela deux jours deux heures et demie après notre première rencontre, je décrochai le téléphone.

– Bonjour, c'est Martha. Martha Hooper. L'amie de Natalie, nous nous sommes vus vendredi..., et ainsi de suite, comme si je connaissais un tas d'autres Martha, ou que je risquais de ne pas me souvenir d'elle.

Ça m'a tué. Je n'ai pas beaucoup de souvenirs de ce soir-là, mais je me rappelle tout ce qui concernait Martha.

Martha a neuf mois de plus que moi. Martha a les cheveux bruns. Les cheveux de Martha ont des milliers de couleurs différentes, chaque cheveu est différent de l'autre – noir, presque noir, chocolat, noisette, acajou, ambre, blond.

Les yeux de Martha ne sont pas verts. Ils sont olive et écorce d'arbre, lierre et jade.

La peau de Martha est pâle et douce, plus pâle à

l'intérieur des poignets, plus douce sur les cuisses, avec des taches de rousseur sur le nez, les joues, les épaules.

Martha est fille unique, ses parents s'aiment toujours, et la maman de Martha a un cancer.

Martha dit que sa mère a eu différentes sortes de cancer depuis plus de dix ans, depuis que Martha avait sept ans.

Elle dit qu'ils plaisantent chez eux sur le nombre de fois où sa mère a porté une perruque le jour des fêtes d'anniversaire de sa fille.

Martha dit que sa mère est la femme la plus drôle du monde, qu'elle peut faire rire de tout, même de la perspective de mourir à quarante-quatre ans. Sa mère assure que la seule façon de traiter le cancer, c'est de s'en moquer, pour qu'il se sente tout petit, sinon, il s'empare de tout ce qu'on fait, dit ou pense, et alors il gagne.

Martha ajoute que de toute façon, en général, il finit par gagner.

La deuxième fois que j'ai vu Martha, elle m'a emmené dans les jardins de St John, un endroit très calme de Regents Park que je ne connaissais pas, tout près de la roseraie. Presque personne n'y va. C'était tranquille, ensoleillé, nous nous sommes assis sur un banc bleu, et Martha m'a embrassé. J'ai posé la tête sur ses genoux, j'ai regardé le ciel entre les arbres, elle m'a caressé les cheveux.

Elle m'a posé une question, assez vague :

– Raconte-moi quelque chose sur toi que personne d'autre ne sait.

Ce n'était pas difficile. J'avais l'embarras du choix. Je le lui ai dit. Je lui ai expliqué que je ne parlais pas beaucoup, et elle m'a répondu :

– Tu peux me parler, à moi.

C'est donc ce que j'ai fait. Je lui ai parlé de papa. De mam, de Bob, de Jed, de Mercy, de Pansy, de Norman.

Et de Violet.

– Violet Park ? a-t-elle demandé. La pianiste ? Mon père a un disque d'elle. J'ai vu et revu plusieurs fois *Le Dernier Voile* quand j'étais petite, juste pour regarder ses mains.

– Comme des petits oiseaux, nous sommes-nous écriés en même temps.

J'aurais voulu l'épouser sur-le-champ.

XV

Je suis passé devant la maison de Violet avec Norman, pendant que Pansy était encore à l'hôpital. Ce n'était pas prémédité. Nous étions partis sur la colline, Norman, Jed et moi, pour promener Jack, quand nous sommes passés par là, c'est tout.

Je marchais derrière eux dans la rue, parce que je tenais Jack en laisse, et qu'il s'était arrêté trente-six fois pour flairer d'intéressantes choses invisibles, lorsqu'en passant devant sa maison, j'ai cru entendre Norman dire à Jed :

– Maison de Violet quart de tour gauche.

– Comment ? ai-je demandé.

Ils se sont arrêtés, et j'ai répété fort, avec une certaine agressivité :

– Qu'est-ce que tu as dit ?

Norman m'a regardé, et Jed a regardé le bout de ses pieds.

Puis Norman a articulé très clairement :

– La maison de Violet, la femme dont tu as trouvé les cendres. La pianiste.

Il y a eu un grand silence, et je me suis retrouvé soudain très loin de là, regardant Norman à travers un télescope.

– Mais comment le sais-tu ? ai-je demandé.

Parce que vraiment, qui aurait pu imaginer que Norman sache quelque chose là-dessus ?

– Je le sais parce que ton père venait la voir ici, m'a-t-il répondu.

Norman remue à peine les lèvres en parlant, et il a une voix grave, très basse. Sa grosse moustache tachetée par la vieillesse lui retombe sur la bouche, si bien qu'entre ses lèvres qui remuent à peine et sa voix basse, parfois on ne l'entend pas.

J'ai rembobiné la bande pour vérifier, j'ai réécouté, et j'ai entendu :

– Ton père venait la voir ici.

J'hésitais entre l'envie de le croire et celle d'éclater de rire.

Comment Violet Park et mon père pouvaient-ils avoir quoi que ce soit en commun ?

D'après ce que je savais, les seuls endroits où ces deux-là étaient en relation, même lointaine, c'étaient la tablette de la cheminée de Pansy et mon propre cerveau.

Mais Norman me regardait d'une drôle de façon, comme s'il n'était pas enfermé dans son monde, hors jeu depuis longtemps, comme s'il savait exactement ce qu'il disait pour une fois, et qu'il voulait me le faire remarquer.

Alors, j'ai demandé :

– Pourquoi est-ce que Pete allait voir Violet ?

C'est Jed qui a répondu, Jed mon sacré petit frère de cinq ans et demi, qui soudain paraissait savoir des choses que je ne savais pas sur ce père qu'il n'avait jamais vu.

– Il écrivait un livre sur elle.

Il tenait toujours la main de Norman, et avait les yeux levés vers lui en parlant.

Il y a eu alors une pause, tandis que nous regardions tous les deux Norman, et Norman a murmuré :

– Qui ? Qui a écrit un livre ?

– Pourquoi est-ce que tu ne me l'as pas dit avant, grand-père ? ai-je demandé.

Norman a haussé les épaules, s'est remis à marcher, et a répondu :

– Avant quoi ? De quoi tu parles, Lucas ?

Et c'est tout.

Quand nous sommes arrivés au parc, je les ai laissés jouer avec le chien pendant cinq minutes, et j'ai appelé Bob sur mon portable. Je ne me suis pas encombré de considérations générales, et lui ai simplement demandé :

– Est-ce que tu as déjà entendu parler de Violet Park ?

Il y a eu un silence de mort pendant une minute, puis Bob a répondu :

– Oui, un peu. Pourquoi ?

– Est-ce que mon père la connaissait ?

Bob a ri et soupiré à la fois. J'ai senti à sa façon de respirer qu'il gardait quelque chose pour lui.

– Qui t'a dit ça ?

– Norman. Ça peut donc être un truc de gâteux, ou être vrai. Je ne sais pas.

– C'est vrai, a-t-il dit après un blanc. Oui, ton père connaissait bien Violet Park.

Je me suis allongé dans l'herbe haute, mon téléphone toujours à l'oreille, j'ai regardé le ciel (nuages pommelés, un oiseau, un avion), et je me suis concentré sur ma respiration.

Bob m'a demandé :

– Qu'est-ce que Norman t'a appris d'autre ?

– Pas grand-chose. Il s'est refermé.

– Est-ce que tu veux venir ? m'a proposé Bob.

Et j'ai acquiescé d'un signe de tête, oubliant qu'il ne pouvait pas me voir.

– Il faut d'abord que je promène le chien.

Je les ai observés tous les deux, mon grand-père et mon petit frère. Je suis resté allongé dans l'herbe à les regarder de loin.

J'ai déjà dit qu'ils aimaient bien traîner ensemble, mais je me rendais soudain compte qu'ils avaient toujours joué un double jeu. J'avais eu pour la première fois un aperçu de leur monde bourré de secrets. Et même si j'ai déjà dit que je soupçonnais Norman d'en savoir plus qu'il ne le laissait paraître, je n'avais jamais réellement pensé que je pouvais avoir raison.

Ils avaient l'air coupables, tous les deux, debout devant la maison de Violet. Il n'y avait pas d'autre mot.

Maintenant je comprenais pourquoi ils restaient si souvent ensemble. J'y ai beaucoup réfléchi.

Lorsqu'il est avec Jed, Norman continue d'être le vieil homme plein d'autorité qu'il aurait été si ces petites attaques ne l'avaient amoindri un peu plus chaque année.

Quant à Jed, finalement, il a un fil conducteur qui le relie à ce père inconnu.

Je n'imaginais pas à quel point il serait difficile d'obtenir des informations d'un homme atteint de démence par l'intermédiaire du cerveau d'un enfant de cinq ans. Quel que soit l'événement réel, à eux deux, Jed et Norman en donnent une version si confuse, qu'il n'en reste plus qu'un obscur galimatias. C'est comme si on essayait de faire passer une brique dans un tamis, et deux fois.

Jed savait probablement que j'allais le coincer et lui poser un tas de questions auxquelles il n'avait pas envie de répondre. Il s'arrangea pour m'éviter pendant quelques heures en allant chez un ami, puis en lisant d'un air très occupé avec mam, enfin en s'absorbant dans une vidéo qu'il avait déjà dû voir treize fois, et dont je l'avais entendu dire qu'elle était ennuyeuse, juste bonne pour les bébés.

C'était un changement, car la plupart du temps il se cramponne plutôt à moi, et il me manqua ou presque. Mais il finit quand même par céder, et je pus l'interroger. Je lui expliquai que nous allions jouer au Good Cop Bad Cop – Bon Flic Mauvais Flic. Il avait déjà vu la série policière *The Bill* à la télé, il savait donc à quoi s'attendre. Il me donna sa casquette de policier et mit ses menottes en plastique. J'enregistrai sa déposition.

MOI : Officier Lucas Swain, lundi 3 octobre, 18 h 04, interrogatoire du suspect, Jeddathon le Hurleur, connu sous le nom de Black Jed. L'enregistrement commence. Black Jed, dis-moi ce que tu sais sur Norman Swain, alias Norm le Fou ?

JED : C'est mon grand-père.

MOI : Deux grands criminels dans la famille. Qu'est-ce que Norm le Fou t'a appris dans la vie ?

JED : (*à voix basse*) Ne dis pas qu'il est fou, Lucas.

MOI : (*à voix basse*) Pardon.

MOI : Alors, qu'est-ce qu'il t'a appris ?

JED : Sur quoi ?

MOI : Commençons par son fils, Pete Swain, l'homme invisible.

JED : Papa n'était pas le vrai fils de grand-père. Tu le savais ?

MOI : Il t'a dit ça ? Je ne pensais pas que Norman le savait. Je pensais qu'il l'avait oublié.

JED : Parfois, il s'en souvient.

MOI : Et il t'en a parlé. Est-ce que ça lui fait quelque chose ?

JED : Non. Il dit qu'il était un bon père… il jouait beaucoup avec papa.

MOI : Il joue beaucoup avec toi aussi, et pourtant il n'est pas notre vrai grand-père.

JED : Si, c'est notre grand-père. Tais-toi, Lucas.

MOI : Est-ce que tu veux voir ton avocat ?

JED : Tu m'achèteras toujours des bonbons, après ?

MOI : Oui. Est-ce que Norman sait où est papa en ce moment ?

JED : Je ne crois pas.

MOI : Tu lui as déjà demandé ?

JED : Non, mais je pourrais.

MOI : Ça vaudrait le coup, non ?

JED : Je ne sais pas.

MOI : Qu'est-ce qu'il t'a raconté sur papa ?

JED : Beaucoup de choses.

MOI : Comme quoi ? Donne-moi cinq exemples.

JED : Son deuxième prénom était Anthony. Grand-père l'a rencontré quand papa avait six ans, presque comme moi, ils sont allés à la foire, grand-père a gagné un poisson rouge qu'il lui a donné, mais le poisson est mort. Ce que papa préférait manger, c'étaient les marrons chauds. Grand-père lui a appris à pêcher, à monter à bicyclette, et il va m'apprendre à moi aussi. Est-ce que ça fait cinq ?

MOI : Non, ça fait quatre. Encore un.

JED : Il avait tout un tas d'amis, surtout des filles, mais je dois attendre d'être plus grand pour comprendre.

MOI : Est-ce qu'il t'a confié des secrets sur papa que tu ne dois raconter à personne ?

JED : Comme quoi ? qu'il aurait raconté à grand-père qu'il allait partir, avant de partir ?

MOI : Il t'a dit ça ? Jésus !

JED : Non. Je ne sais pas. Peut-être.

MOI : Bon Dieu ! Jed !

JED : Tu es en train de jurer ?

MOI : Comment ?

JED : Est-ce que dire merde, c'est jurer ?

MOI : Pas exactement.

JED : Mam dit que si. Et jean-foutre aussi.

MOI : Jean-foutre ? Qu'est-ce que c'est ?

JED : Mam appelle les gens comme ça quand elle conduit.

MOI : Bon, d'accord, Jed, on peut revenir à papa, maintenant ? C'est vraiment important.

JED : Grand-père dit que papa était un jean-foutre.

MOI : Ah bon ? Pourquoi ?

JED : Parfois il croit que je suis papa. Il m'appelle Peter. Parfois, il se rappelle que papa n'est plus là. Parfois, c'est toi qu'il prend pour papa.

MOI : Oui, je sais.

JED : Il croyait que tu étais papa l'autre jour dans

le parc, et il t'a traité de jean-foutre. Est-ce que tu peux arrêter ça ? Il faut que j'aille aux toilettes.

MOI : Pourquoi est-ce que grand-père m'a appelé comme ça ?

JED : Je te l'ai dit, parce qu'il t'a pris pour papa.

MOI : Je sais, mais pourquoi est-ce qu'il appelle papa comme ça ?

JED : Je lui ai demandé pourquoi. Il a répondu : trouve une raison toi-même. Est-ce que c'est ça que papa faisait comme travail ?

MOI : Quoi ?

JED : Suivre les gens toute la journée pour leur poser un tas de questions ?

MOI : Je ne sais pas, peut-être.

JED : C'est ennuyeux. Pose des questions à Mercy.

MOI : Mercy est sortie.

JED : Va en poser à grand-père.

MOI : C'est ce que je vais faire.

JED : Il aime bien les magnétophones.

(Interrogatoire interrompu, 18 h 12.)

XVI

J'ai l'impression qu'en devenant adultes, la plupart des gens se focalisent sur une chose impossible à atteindre, puis s'y accrochent désespérément.

C'est ce que je fais avec papa, et avec Violet.

C'est ce que fait mam, en imaginant ce qu'elle pourrait être si elle recommençait sa vie.

C'est ce que Bob fait avec mam, d'après Mercy.

C'est ce que fait Ed en exaspérant sa mère et en baisant.

C'est ce que fait Mercy, avec Kurt Cobain, les implants mammaires, les stupéfiants qui détruisent le cerveau.

C'est ce que fait Pansy avec son vendeur d'encyclopédies, son fils, et la version pré-sénile de Norman.

C'est ce que fait Norman avec son passé, auquel il n'arrive pas vraiment à se raccrocher.

C'est ce que fait Violet après sa date limite de vente, à propos de quelque chose que je n'ai pas encore découvert.

La seule personne qui ne le fasse pas, c'est Jed.

Il vit uniquement dans le présent. Je ne pense pas qu'il comprenne grand-chose à tout ce qui est passé ou futur. Aujourd'hui, demain et hier, tout ça n'est pas très clair pour lui. Jed dit hier quand il parle de quelque chose qui s'est passé six mois plus tôt, et demain pour tout ce qui ne se passe pas maintenant. Quand on va quelque part avec lui, il oublie instantanément qu'on se dirige de A vers B. Il passe des heures à observer des escargots, à collectionner des gravillons, et à s'arrêter pour lire les pancartes le long de la rue. Jed n'a aucune notion du temps, ce qui signifie qu'il n'est jamais triste ni en colère pendant plus de cinq minutes. Il ne peut simplement pas garder quoi que ce soit pour lui assez longtemps. Cinq minutes ou un an, c'est du pareil au même pour lui.

Il faut dire qu'à part lui, dans la famille, nous sommes tellement occupés à être malheureux et démoralisés que c'est devenu normal et curieusement réconfortant.

Je me demande, en imaginant que papa réapparaisse demain et revienne à la maison, si ça nous plairait tant que ça. Est-ce que ça ne nous renverrait pas un peu en arrière ? On aurait l'impression d'avoir un inconnu à la maison, comme un nouveau pensionnaire.

Ce serait vraiment bizarre.

À un certain moment, l'objet impossible du désir devient la dernière chose sur terre qu'on voudrait voir arriver, sans que personne s'en aperçoive.

Le jour où Pansy est sortie de l'hôpital, j'ai attendu avec Norman que mam la ramène chez eux. Il était assis à la table de la cuisine, pliant et dépliant un bout de papier, et j'ai fait un peu de ménage, j'ai sorti les ordures (surtout des emballages de chocolat). Je sentais que si je voulais demander quoi que ce soit à Norman, en espérant obtenir une réponse directe, c'était le moment ou jamais. Je pense qu'il était impatient d'être délivré de ma surveillance, qu'il avait sans doute envie de somnoler dans son fauteuil, de reprendre son petit train de vie avec son chien, qui lui, au moins, savait qui il était.

Je toussotai pour rompre le silence.

– Est-ce que tu as connu Violet Park, grand-père ?

Il me regarda une seconde, comme s'il ne s'était pas rendu compte de ma présence, et je pensai, non, c'est trop tard, il a recommencé à tout oublier. Puis il me répondit :

– Non. C'est ton père qui l'a connue, et ce n'est pas ce qu'il a fait de mieux.

– Pourquoi tu dis ça ?

– Une mangeuse d'hommes, celle-là.

J'imaginai Violet avalant mon père tout entier. C'était donc là qu'il avait disparu.

– Vraiment ?

– Les maris d'autres femmes pour le petit déjeuner, le déjeuner, et le dîner, dit-il.

– Mais pas mon père.

Norman haussa les épaules.

– Ils s'entendaient comme larrons en foire, à la fin.

– Quelle fin ? demandai-je.

Mais Norman ne répondit pas.

– Est-ce que papa t'a dit qu'il s'en allait ?

Norman me lança un regard dur :

– Tu crois que j'aurais oublié une chose pareille ?

– Je ne sais pas, grand-père, dis-je, ce qui était un mensonge.

– Tu crois que je laisserais tout le monde dans l'ignorance, si je savais ?

Je hochai négativement la tête.

– Non.

Mais il me suffit de le regarder pour comprendre qu'il savait qu'il ne pouvait pas s'en souvenir.

Et j'éprouvai de la compassion pour Norman, réellement. Pour nous, c'était différent : nous ignorions où papa se trouvait, et c'était simple. Mais Norman devait toujours se demander s'il le savait. Imaginez que vous sachiez la chose la plus importante pour vous, la plus importante pour toute la famille, et que vous soyez incapable de la retrouver, que vous en soyez réduit à vous demander sans cesse si vous en avez eu connaissance ou pas.

Mam arriva avec Pansy, et annonça qu'elle ne pouvait pas rester, prétextant une raison quelconque. Elle repartit rapidement en voiture, comme si elle n'avait qu'une hâte : s'en aller. Pansy était toute ratatinée, aussi frêle qu'une poupée. Cela m'effraya un peu, l'idée qu'elle serait bientôt dans un pot, comme Violet. On se précipita sur elle, Norman et moi, on s'agita autour d'elle, jusqu'à ce qu'elle nous repousse. J'allai dans la cuisine leur faire une tasse de thé à tous les deux, et quand je revins, ils étaient assis en silence, se tenant par la main au-dessus de l'espace qui séparait leurs fauteuils.

Les mains de Pansy ressemblaient à des griffes d'oiseau. Ses os étaient apparents sous sa peau, et ses veines nouées étaient bleu foncé. Ses ongles avaient besoin d'être coupés. On aurait dit qu'elle était en papier.

Elle ne remarqua même pas que Violet n'était plus là. Elle restait assise à regarder la photo de papa sur la cheminée, sans voir le vide qui s'était formé à côté.

– Je n'avais jamais pensé que je pourrais mourir avant son retour, murmura-t-elle sans s'adresser à personne en particulier, et personne en particulier ne lui répondit, car on ne voyait pas ce qu'on aurait pu dire.

– Je suis tellement déçue par lui, Lucas, reprit Pansy, tandis que des larmes coulaient sur son visage, des gouttes parfaites qui grossissaient ses rides.

Je ne l'avais jamais entendue prononcer un seul mot contre mon père en cinq ans. Je lui avais toujours fait confiance là-dessus.

– Moi aussi, murmurai-je.

Le changement que je voyais chez Pansy me faisait froid dans le dos. C'était comme si quelqu'un l'avait brisée. Elle était partie moins de quinze jours, et elle était revenue anéantie.

Pansy se mit à parler de son enterrement. Elle annonça qu'elle savait qu'elle allait bientôt disparaître et qu'elle désirait dire un mot sur la façon dont elle voulait partir, car, même si papa n'était probablement pas là, elle avait quand même des choses à prévoir. Je lui promis que je m'en occuperais, même si elle avait envie d'un carrosse ou d'une statue de chérubin de quatre mètres de haut sur sa tombe. Mais Pansy veut une cérémonie très simple. Elle veut être inhumée tout entière (pas de crémation) dans le village du Pays de Galles où elle a grandi. Sa mère est enterrée là, et le nom de son père est également inscrit sur la pierre tombale, bien que son corps se transforme peu à peu en charbon, dit-elle, dans la mine où il est mort. Elle veut une place pour Norman aussi, à côté de la sienne, parce qu'elle s'inquiète dès qu'il est loin d'elle.

Martha affirme qu'elle aimerait avoir des funérailles vikings : elle veut être enveloppée dans un drap imbibé d'huile, et poussée dans la mer sur un long bateau. Ensuite, elle veut qu'on tire une flèche enflammée sur son cadavre, pour qu'il prenne feu et brûle jusqu'à se réduire en cendres avant d'être englouti dans l'eau.

J'espère que je ne serai pas là.

Le père de Martha est anthropologue, il observe la façon dont les gens se comportent dans différents groupes et différentes cultures. Il sait donc beaucoup de choses sur les obsèques, et d'après lui, elles sont différentes partout dans le monde. Les manières de dire adieu à quelqu'un semblent être infinies.

À Bali (je crois), le corps est suspendu au-dessus du sol pendant quelque temps, il se décompose, puis il est couvert de fleurs et brûlé. Lorsque le feu s'est éteint, les proches doivent chercher les os dans la chair et les jeter dans l'océan. C'est une façon de prendre les choses en main. Et il y a un endroit, peut-être quelque part en Chine, où longtemps après l'enterrement, quand tout le monde a fini sa période de deuil, le mort est déterré. On fait alors une fête avec les os, pour montrer qu'on a surmonté l'épreuve, qu'on va tout à fait bien. Heureusement qu'ils n'ont pas de cercueils plombés, là-bas. Martha dit que si on est enfermé dans un cercueil plombé, l'air ne peut pas entrer, qu'on ne peut pas se dessécher, et qu'on se transforme en soupe.

La mère de Martha veut que ses cendres soient éparpillées d'une façon ou d'une autre dans le Gange, en Inde, mais elle devra probablement se contenter du parc national New Forest.

– Contrairement à nous, en Occident, qui balayons la mort sous le tapis, les hindous ont une attitude beaucoup plus saine par rapport à la perte de la vie, car ils l'ont déjà perdue avant, et ils la perdront encore, dit-elle.

Je suppose qu'avec la réincarnation, la mort n'est pas trop grave, du moment qu'on s'est bien conduit, et qu'on ne revient pas sous forme de mésange bleue ou de bousier.

Les parents de Martha s'appellent Wendy et Oliver. Je les ai rencontrés quand je suis allé déjeuner chez eux dimanche. Au début, j'étais nerveux, parce que je n'avais jamais été invité à déjeuner chez des gens le dimanche. J'ai sans doute trop parlé, et je ne pouvais pas être très intéressant – j'en sais tellement moins qu'eux ! – mais de toute façon ils avaient envie de m'accueillir à bras ouverts. À peu près au milieu de mon pudding, je me suis aperçu que je me sentais comme chez moi.

Martha avait raison à propos de sa mère. Elle m'a tellement fait rire que j'ai failli recracher ma bière par le nez. Et je n'aurais jamais pu deviner qu'elle portait une perruque. Jamais de la vie.

XVII

Je trimballai mon vieux magnéto chez Bob, pour qu'on écoute tranquillement le jeu du Bon Flic Mauvais Flic. Ça le fit rire. Bob assure que Jed est très précoce, et qu'il s'est bien amusé à jouer l'oracle, ce qui ne me parut pas très clair. Je crois qu'il parlait de l'aptitude de Jed à se faire l'interprète des paroles des dieux, ou dans ce cas, de Norman.

Je voyais que Bob essayait de piger ce que je savais et ce qu'il pouvait me dire. Il était clairement sur ses gardes, un peu méfiant. Je ne m'étais pas attendu à ce que Bob soit comme ça, et moi aussi, je commençai à me comporter de la même façon.

Mais il y avait une chose que je savais avec certitude, et que Bob ignorait.

C'était que Violet reposait actuellement dans un sac de plastique à l'intérieur d'un sac à dos, à trois mètres de l'endroit où nous étions assis.

D'une certaine manière, c'était comme avoir quatre as dans son jeu de cartes.

Je demandai à Bob s'il avait déjà rencontré Violet, si oui, combien de fois, et à quoi elle ressemblait.

Il me répondit que papa et lui l'avaient rencontrée ensemble la première fois, quand ils étaient venus l'interviewer pour un article sur les musiques de film. C'était à leurs débuts, ils acceptaient tout ce qui se présentait, et Bob était venu avec mon père pour prendre des photos.

Ils avaient surnommé Violet la Femme Technicolor, parce qu'elle avait les cheveux couleur de feu, du rouge à lèvres couleur de sang, et qu'elle portait des vêtements éclatants, roses, verts et violets. Ils avaient la gueule de bois, et ils ont gardé leurs lunettes de soleil sur le nez aussi longtemps que possible, car elle leur faisait mal aux yeux.

Violet leur a préparé des Alexandras à onze heures du matin, et leur a raconté des histoires impossibles à répéter sur des gens riches et célèbres.

Ils étaient trop soûls pour avancer beaucoup leur article.

Ils avaient donc dû revenir.

La deuxième fois, ils se sont montrés plus professionnels, n'ont bu que deux ou trois cocktails, ont tout consigné par écrit, et sorti l'appareil photo. Puis, alors qu'ils étaient à la porte, prêts à sortir, elle a regardé mon père – mon père sans aucun doute possible, d'après Bob – et a demandé :

– Lequel de vous deux, jeunes gens, voudrait m'emmener dîner vendredi soir ?

– Moi, a répondu papa en riant.

Je demandai à Bob s'il ne pouvait pas retrouver des photos qu'il avait prises pendant ce travail, il me regarda d'un air absent, et marmonna quelque chose, du genre « je ne suis pas sûr de les avoir », mais il fit semblant de les chercher. Il se mit à ouvrir des tiroirs, à fouiller dans des boîtes pendant que nous parlions, et je profitai de ce qu'il ne me regardait plus tout le temps dans les yeux pour lui poser des questions :

– Est-ce que papa sortait avec Violet, est-ce qu'il avait une liaison avec elle ?

– Il aurait mieux valu qu'il en ait eu une.

– Qu'est-ce que ça veut dire ?

Bob me raconta alors que papa avait tenu Violet sur la brèche pendant des années, lui laissant toujours assez d'espoir pour qu'elle lui donne de l'argent, lui achète un costume, l'emmène dîner ou des trucs comme ça, sans jamais rien refuser, mais sans jamais s'engager non plus.

– Ton père pouvait dire «Je t'aime» à une femme sans ciller, qu'il ait été sincère ou pas. La plupart du temps, il ne l'était pas. D'après lui, c'était le meilleur moyen d'obtenir ce qu'on voulait des nanas pour pas grand-chose.

Et Bob ajouta qu'à en juger par le succès de papa auprès du sexe opposé, cette théorie fonctionnait.

Mon père le tombeur. J'étais à la fois impressionné et consterné.

– Comment se fait-il qu'il se soit marié avec mam, alors, s'il avait Violet pour lui payer ses trucs, et toutes ces filles à sa disposition ?

– Ta mère était au-dessus du lot. Elle était belle, spirituelle, intelligente, et elle ne s'intéressait absolument pas à ton père.

Bob me lança alors une photo de mam à l'époque, prise une vingtaine d'années auparavant. C'était drôle de la voir comme ça, c'était elle et ce n'était pas elle, la même personne, mais pas celle que je connaissais. Je dus admettre qu'elle était canon.

– Elle ne l'aimait même pas, dis-je.

– Pas au début, mais il a fait tout ce qu'il fallait pour. Il aimait ta mère, tu sais.

– Ouais ? Ah bon.

Bob resta silencieux.

– Alors papa a épousé mam, ensuite il n'a plus revu Violet, il a disparu, et Violet est morte, voilà, c'est tout ? repris-je.

Bob hocha négativement la tête.

– Ils ne se sont plus vus pendant des années, puis Violet a repris contact avec lui, apparemment, et lui a demandé de l'aider à écrire l'histoire de sa vie.

– L'aider ?

– Oui, comme une sorte d'écrivain fantôme.

– Il a pris ça un peu trop au pied de la lettre, non ? lançai-je, et on eut tous les deux un rire forcé.

– En réalité, il n'a pas eu le temps de faire grand-chose sur le sujet avant la mort de Violet, dit Bob, en saisissant une vieille planche contact, qu'il contempla un bon moment.

Je lui demandai s'il avait trouvé les photos, et il me passa la planche : des petits clichés en noir et blanc, vingt-quatre sur trois rangées de huit. De minuscules Violet, de minuscules papa, posant, souriant, des lunettes de soleil sur le nez. Mon père portait une chemise qui est toujours dans mon armoire à la maison. Ses cheveux bruns étaient en bataille, comme les miens. Il semblait jeune et heureux. J'étais étonné par sa ressemblance avec moi. Et tout à coup je compris.

Peut-être que Violet pensait que j'étais mon père.

Était-ce pour cette raison que je l'avais remarquée dans la compagnie de taxis, et qu'elle avait agité ses bras morts vers moi pour attirer mon attention ?

Croyait-elle que j'étais Pete ?

Je ne voulais pas qu'elle me prenne pour lui. Je voulais qu'elle sache que j'étais moi.

XVIII

Je n'étais pas d'humeur à voir Mercy en rentrant à la maison.

Elle m'arrêta dans l'entrée, l'air important, agressif, supérieur.

Elle me dit qu'elle voulait avoir une conversation sérieuse avec moi à propos de mam.

Les conversations sérieuses de Mercy signifient généralement qu'elle s'est enfin aperçue de quelque chose dont nous sommes déjà tous conscients depuis des mois. Les séances ont généralement lieu dans sa chambre, durent environ deux minutes, et sont complètement merdiques.

Je la suivis dans l'escalier, la tête rentrée dans les épaules, montant les marches d'un pas lourd. Elle referma la porte de sa chambre derrière moi.

– Il faut qu'on fasse quelque chose pour mam, déclara-t-elle.

– Comme quoi ? demandai-je, d'un ton faussement indifférent.

– Elle est déprimée, Lucas, tu n'as pas remarqué ?

Je n'ai pas dit grand-chose de Mercy jusqu'à présent. Rien de bon, de toute façon. En fait, ce manque d'intérêt reflète les rapports que nous avons dans la vie réelle. On se voit rarement, parfois au petit déjeuner, les jours de classe (mais elle ne mange presque rien et disparaît régulièrement au premier étage pour se maquiller), parfois en haut de l'escalier, ou la nuit, quand elle rentre à la maison et que je suis encore debout. Nous n'avons pas le temps d'échanger plus de quatre mots chacun, et presque toujours, sur un mode sarcastique.

Quoi qu'il en soit, mon inconnue de sœur se tenait entre la porte et moi, les mains sur les hanches, cherchant la bagarre.

– Tu n'as pas remarqué que mam était déprimée ? répéta-t-elle sur un ton plus agressif.

J'aurais voulu dire toute sorte de choses. J'aurais voulu dire que je l'avais sacrément remarqué, bien sûr, que c'était peut-être parce que son mari l'avait abandonnée avec deux adolescents et un bébé, qu'elle n'avait pas de temps pour elle, pour une vie sociale, qu'elle aurait voulu avoir fait des choix différents, et ne pas avoir eu d'enfants. J'aurais pu dire que je connaissais intimement ses problèmes, puisque j'avais volé son journal et que je l'avais lu, mais je me contentai de répondre :

– Non.

Je ne sais pas pourquoi. Peut-être que moi aussi, je cherchais la bagarre.

Mercy leva brusquement les bras en l'air et me cria :

– Tu es tellement égoïste et à côté de tes pompes ! C'est à moi de m'occuper de tout dans cette famille d'abrutis !

Je répliquai que je n'avais pas remarqué qu'elle s'occupait de quoi que ce soit en dehors d'elle-même, ce qui était vrai, mais tombait mal. Je crus qu'elle allait me frapper.

– Quand est-ce que tu vas te réveiller, Lucas ?

– Vers onze heures, répondis-je.

Je m'amusais. J'avais envie de la contrarier.

– Elle a cet horrible copain, elle grossit, elle boit trop, et elle pleure dans la salle de bains quand elle croit qu'on regarde la télé, poursuivit-elle. Je ne te laisserai pas sortir de cette chambre tant qu'on n'aura pas trouvé ce qu'on peut faire.

– Pourquoi tu ne lui proposes pas de garder

Jed, d'aller voir Pansy de temps en temps, d'emmener Norman et le chien se promener, ou de faire les courses ? ripostai-je, en soulignant que c'étaient les choses que je faisais en ce moment.

– C'est plus profond que ça.

– Eh bien, voyons…

Soudain, j'en eus assez, tout m'exaspérait, sinon je n'aurais jamais lancé ça :

– On pourrait revenir en arrière et lui demander de ne pas baiser avec papa, qu'elle n'aimait même pas, de ne pas tomber enceinte de toi, ce qui a obligé papa à l'épouser, ni de s'embêter à avoir aucun de nous, d'ailleurs. Quoi d'autre ?

Mercy essayait de placer un mot, mais j'étais remonté, et je ne m'arrêtais plus.

– Oh ! On pourrait aller chercher papa pour elle, essayer de trouver où il s'est fourré, elle pourrait divorcer, épouser l'autre con, ce prof de dessin, et faire semblant de prendre sa vie en main ! Ça te suffit ?

Je poussai alors Mercy, ouvris la porte, et vis mam, debout juste là, dans le couloir, qui écoutait.

Pendant un instant, je crus qu'elle allait faire comme si de rien n'était, ce qui aurait été un soulagement, mais elle dit :

– Je prends ma vie en main, il me semble. Qui prétend le contraire ?

Je répondis « c'est Mercy », et Mercy répondit « c'est Lucas », en même temps, ce qui nous donna l'air à la fois ridicule et coupable.

– Eh bien, qu'est-ce que vous proposez ? demanda-t-elle, en entrant dans la chambre et en s'asseyant sur le lit de Mercy.

Elle était furieuse. On voyait qu'elle voulait nous mettre dans l'embarras.

– Allons ! reprit-elle. Si vous parlez des gens quand ils ne sont pas là, vous devez avoir le cran de leur dire les choses en face.

Je regardai Mercy qui ne regardait personne et ne se lancerait sûrement pas la première.

– Tu devrais sortir plus souvent, commençai-je

C'était assez lamentable.

Mam eut un sourire vraiment hostile.

– Tu devrais retourner à l'université, et passer un diplôme. Tu es intelligente, repris-je.

J'avais l'air condescendant, ce n'était pourtant pas mon intention.

Mam hocha la tête.

– Tu pourrais partir en vacances de ton côté.

– Super ! s'exclama mam, ironique.

– On pourrait déménager, intervint Mercy.

– Tu pourrais faire annuler ton mariage, et épouser… comment il s'appelle déjà ?

– Le con ? suggéra mam.

– Tu pourrais t'occuper de la décoration, proposa Mercy. Tu pourrais faire débarrasser, et jeter les affaires de papa à la poubelle. Tu pourrais louer la maison. Ou la vendre.

Mam mit les mains en avant pour nous arrêter. Elle se moquait de nous d'une façon qui me rendit vraiment triste.

– C'est gentil de votre part, les amis, mais vous croyez que je n'ai pas pensé à tout ça, étant donné que revenir en arrière est toujours impossible ? ironisa-t-elle en me jetant un regard noir.

On se contenta de hausser les épaules en même temps, comme des idiots.

– Et vous savez pourquoi je ne l'ai pas fait ?

Je répondis non, mais Mercy n'ouvrit pas la bouche. Elles me regardaient toutes les deux. Soudain, je compris ce qui se préparait.

– Lucas, commença mam, d'une voix parfaitement calme, est-ce que tu sais pourquoi je n'ai pas déménagé, je ne me suis pas remariée, ou je ne suis pas partie en vacances ? Pourquoi, à part une paire de chaussures ou une carte postale, je n'ai jamais rien jeté qui ait appartenu à ton père ?

J'aurais voulu être ailleurs. Je ne savais pas quoi répondre. En avaient-elles déjà parlé quand je n'étais pas là ? Mercy respirait plus facilement, elle était tirée d'affaire, tout retombait sur moi.

– Regarde-toi ! me lança mam avec une colère froide. Occupe-toi de la poutre que tu as dans l'œil avant de conspirer dans les chambres sur la paille qui est dans le mien, et de me faire la leçon sur la façon dont je devrais mener ma vie. Comment voulais-tu que j'ose faire quoi que ce soit ?

Elle voulait sans doute que je réponde, mais je haussai les épaules.

– Tu es un fanatique, Lucas, reprit-elle. Tu te promènes avec les reliques de ton père sur toi. Tu es un reliquaire vivant !

Je restai silencieux. Mercy me regardait fixement. Je me demandai si ça se passait comme elle l'avait prévu.

Je sortis de ma poche la vieille photo de mam que Bob m'avait donnée, et la mis dans sa main. J'avais voulu qu'elle la voie, qu'elle se rappelle comme elle était jeune, heureuse, belle, quand elle avait de son plein gré fait le choix d'épouser papa et de nous avoir.

Elle la regarda, puis elle m'embrassa sur la joue.

– Demain, toi et moi, on débarrasse, et on met ses affaires à la décharge. Pas de discussion, annonça-t-elle.

J'étais désolé qu'elle nous ait entendus nous engueuler comme ça à son sujet. J'avais honte. J'aurais voulu revenir en arrière, cinq minutes plus tôt, et qu'elle ne m'ait entendu dire que des choses positives, car on n'entend jamais ce qu'on raconte sur nous par hasard. On tombe toujours sur des gens qui nous critiquent, et être critiqué par ses propres enfants, ça doit faire mal.

D'ailleurs, moi-même je me sentais piqué au vif en repensant à la façon dont mam m'avait traité de fanatique, de reliquaire ambulant. En même temps, je ne pouvais pas lui en vouloir. Elle avait raison.

Qu'est-ce qui se serait passé si j'avais avoué que je commençais à voir papa tel qu'il était ? Ça ne l'aurait pas rendue plus heureuse. Je pense que ça lui aurait brisé le cœur. J'étais le dernier qui le cherchait encore, c'est ça, le truc. Sans moi, il ne lui resterait plus personne d'entre nous.

Il fallait bien que quelqu'un le fasse.

Quand une famille se désagrège, elle se rassemble autour de ce qui manque. Lorsque papa est parti, ce qui nous a liés, c'était son absence, le fait de penser à lui et de chercher son visage dans la foule.

Curieusement, le vide qu'il a laissé a été le ciment entre nous.

C'est ce qui nous a rapprochés, ce qui nous a rendus différents, et, nous mettant dans le même bateau, a sans doute assuré notre cohésion.

Il fallait surmonter le choc en se relayant. Nous ne pouvions pas nous en sortir ensemble, parce que tout aurait pu se désintégrer.

Il fallait bien que quelqu'un soit le dernier, le dernier à abandonner.

Il aurait pu s'agir de n'importe lequel d'entre nous.

Mais c'était moi.

XIX

Si je n'avais pas eu cette dispute avec Mercy et ma mère,

si mam n'avait pas décidé de m'affronter en prétendant que c'était surtout ma faute si personne n'arrivait à aller de l'avant depuis que papa était parti,

si je n'avais pas été embringué sans ménagement pour aider à nous débarrasser de toute trace de lui dans la maison,

si je n'avais pas été courbé en deux dans le grenier, en train de respirer de la poussière grise, de m'enfoncer des échardes, d'être forcé de tendre une précieuse boîte après l'autre de livres, de dossiers et de papiers ayant appartenu à mon père, à mam, qui attendait en bas de l'échelle, la bouche serrée, le cœur dur, je n'aurais jamais trouvé la boîte portant l'inscription VIOLET PARK.

Je ne plaisante pas.

J'essayai de me relever très vite, sans réfléchir, et je me cognai la tête contre une poutre.

Je faillis passer mon pied à travers le plafond.

Ma mère continuait de crier :

– Qu'est-ce qu'il y a ? Qu'est-ce qu'il y a ?

Mais il n'était pas question de la mettre au courant.

Je me penchai vers le bas de l'échelle, et lui hurlai quelque chose sur une écharde que je m'étais enfoncée dans le doigt. Je dus pousser un juron, parce qu'elle s'exclama :

– Lucas ! Les oreilles de Jed !

– Désolé d'être un jean-foutre, répondis-je alors.

Jed ricana, tandis que mam s'étranglait de rire.

Je secouai la boîte, quelque chose glissa à l'intérieur avec un bruit sec de plastique, mais mam n'entendit pas parce qu'elle riait comme une baleine.

C'était une vieille boîte de chaussures fermée par du ruban adhésif. Les mains tremblantes, j'essayai de le gratter avec mes ongles trop courts, le Scotch était vieux, usé, sans aucune épaisseur, et vraiment bien collé, je transpirai, la poussière, la sueur coulaient le long de mon front et me tombaient dans les yeux. Je jurai tout bas, pour moi seul.

Le ruban adhésif emporta une partie de la boîte avec lui.

Je soulevai le couvercle et découvris une cassette. C'était donc ça. Une petite cassette dans une boîte, avec un 1 écrit dessus.

Je la mis dans ma poche.

Je poussai la boîte dans un coin, sous un horrible tapis couvert de poussière.

Puis je passai à mam un autre tas de précieux bric-à-brac qui nous appartenait sans nous appartenir, afin de nous en débarrasser.

Après avoir entassé toutes les affaires de papa, je restai un moment assis simplement à côté d'elle à les contempler. Jed fouillait dans une boîte de photos, il les prenait rapidement les unes après les autres, les regardant à peine, comme pour montrer qu'il voulait participer, lui aussi. Mercy était sortie, déclarant qu'elle était prête à parier qu'il y aurait des cris et des larmes, et qu'elle ne voulait pas être mêlée à ça. Je lui avais répliqué que les cris et les larmes étaient pourtant sa spécialité, mais elle m'avait fait un doigt d'honneur et était partie en claquant la porte.

C'était épuisant, rien qu'à regarder.

Il n'y avait pas que les papiers contenus dans les boîtes qui venaient du grenier. Il y avait des vêtements, des disques, des boutons de manchette, des bijoux, des brosses, des lunettes de soleil, une guitare, et un cendrier en argile que j'avais fait à l'âge de sept ans environ.

Je contemplai ce fatras, et je pensai, *c'est tout ce qui nous est resté de lui.*

Puis je l'imaginai ailleurs, avec de nouveaux disques, vêtements, photos, de nouveaux enfants qui faisaient des cendriers, et je me dis que ce salaud pouvait bien avoir acheté n'importe quoi, c'était toujours un pauvre type.

Je crois que d'une certaine façon j'étais en train de me blinder.

Je proposai de donner les disques à Bob, mais mam, l'air sceptique, répondit qu'elle n'était pas sûre qu'il en veuille, alors je répliquai qu'il n'était pas question qu'une telle collection finisse à la décharge, et elle dit d'accord, mais il faut s'en occuper aujourd'hui.

Mam insista sur le fait qu'il ne fallait pas mettre trop longtemps. Elle voulait simplement charger la voiture, et se débarrasser de l'ensemble, mais j'avais besoin de vérifier chaque chose, et de noter mentalement tout ce qui partait. Chaque fois que je plaidais pour garder quelque chose, son humeur empirait.

Je trouvai un appareil photo.

Je trouvai un stylo avec une plume en or et un capuchon en nacre.

Je trouvai le minimagnéto dont j'avais besoin pour écouter la minicassette de Violet Park.

J'obtins l'autorisation de garder encore quelques vêtements à lui (deux costumes, cinq chemises, des bottes et un pull marin).

Je trouvai sa montre dans la poche d'une de ses vestes. Je la pris, j'en frottai le verre avec mon pouce. J'étais stupéfait de la voir, parce que papa ne l'enlevait presque jamais, et chaque fois que je me demandais où il pouvait être, je l'imaginais toujours avec sa montre sur lui. Je me sentis glacé. Il ne serait jamais allé nulle part de sa propre initiative sans cette montre. Je pensai soudain, papa est mort. Il ne nous a pas quittés, et on est en train de salir sa réputation, de jeter toutes ses affaires. Je la remontai, je la mis au poignet, et redescendis ma manche par-dessus. Je n'en parlai pas à mam, parce que je ne voulais pas voir sur son visage qu'elle pensait la même chose que moi.

– Pansy ne nous pardonnera jamais d'avoir fait ça.

Mam ne leva même pas les yeux.

Je sais maintenant qu'elle n'avait pas l'intention de montrer ce cœur de pierre, disons qu'elle jouait la comédie. Je pense qu'elle avait dû choisir entre être aussi dure qu'un clou ou aussi molle que de la gelée. On ne peut pas être mou comme de la gelée quand on se débarrasse des affaires de l'homme qu'on a aimé, qui a disparu, et qu'on le fait avec un fils aussi lamentable. Elle avait donc choisi d'être dure comme un clou.

Et j'aurais peut-être dû l'en remercier, mais je ne pouvais pas m'empêcher de penser qu'il y avait une troisième option qu'elle n'avait pas prise en considération : celle qui consistait à abandonner ce que nous étions en train de faire, à nous épargner tous les deux en remettant tout en place, et en n'y pensant plus. L'option qui consistait à ne pas perdre espoir.

Je fis plusieurs tentatives.

– Tu es sûre de vouloir faire ça ? demandai-je.

Et :

– On n'est pas obligés.

Mais mam me jeta un regard noir, comme si je confirmais les pires craintes qu'elle pouvait nourrir à mon sujet, et elle continua de jeter les affaires dans des sacs poubelles.

J'étais furieux contre elle, en arrivant à la décharge. Vraiment furieux. En fait, je ne pouvais pas croire qu'elle irait jusqu'au bout. Elle sortit de la voiture et passa la tête par la vitre du conducteur pour m'implorer de l'aider, mais je regardai droit devant moi, sans lui jeter un coup d'œil, parce que j'avais peur de lui cracher à la figure. Il y avait un pigeon, devant, qui sautillait et fouillait dans les détritus. Je l'observai et me dis que dans une minute, il allait piocher dans les affaires qui avaient appartenu à mon père, alors je traitai mam de femme sans cœur de sale égoïste de loser de garce, et je répétai que je ne sortirais pas de la voiture. Je la fis pleurer.

Finalement, les gars du bureau de la décharge vinrent lui donner un coup de main. Ils avaient dû se sentir désolés pour elle. Pour eux, j'étais un parfait débile, c'est sûr.

Qu'est-ce que ça pouvait me faire ? J'avais l'impression que quelqu'un était mort.

XX

Une semaine au moins s'écoula avant que je me donne la peine d'écouter la cassette.

Je me fichais complètement de Violet Park.

À la décharge, je sortis de la voiture quand mam revint, en faisant en sorte qu'elle voie bien la montre. Elle démarra, et je m'assis à côté des affaires de papa, simplement pour les avoir sous les yeux. Des bouts de papier commençaient déjà à glisser des boîtes, à voleter tout autour, à ne plus lui appartenir. Je craignais que si je ne les surveillais plus, elles deviennent des déchets, comme tout ce qui les entourait, et je n'étais pas prêt à l'accepter. Je pensai à l'importance qu'avaient pour moi les affaires de mon père, comme elles m'étaient précieuses par rapport aux autres choses que je voyais là et que mon cerveau considérait comme des détritus. Puis je me mis à réfléchir à tous les déchets, au fait qu'ils étaient précieux à d'autres gens, et bientôt toute la décharge devint cette chaîne de montagnes de trésors négligés et oubliés que je devais surveiller de près.

Il fallait bien que quelqu'un le fasse.

Au bout d'un moment, les hommes qui me prenaient pour un débile sortirent de leur bureau, et dirent qu'ils fermaient. Il était trois heures et demie. Je le sais, parce que j'ai regardé l'heure sur la montre de papa. Ses lunettes de soleil se trouvaient juste à côté de moi, posées sur le coin d'un carton de livres. Je les mis avant de partir.

J'allai chez Martha.

Je suis sûr que la dernière chose dont on ait envie quand on sort avec quelqu'un depuis trois semaines, c'est de voir arriver cette personne devant sa porte, l'air d'être au bout du rouleau, mais je n'y pensai pas à ce moment-là.

Elle ouvrit, et je me mis à pleurer. Je ne pouvais pas m'en empêcher. Martha ne dit rien. Elle me tendit les bras, et j'eus l'impression de m'y laisser tomber, elle m'emmena au premier étage, dans sa chambre minuscule, sans me poser de question, elle s'assit simplement à côté de moi, me tint la main, me donna un verre d'eau, et attendit que j'aie fini de pleurer comme un veau.

Ensuite, elle dit que les objets n'étaient que des objets, et qu'à la mort de sa mère, elle pourrait jeter tout ce qui lui avait appartenu, que ça ne changerait en rien les bribes de Wendy qu'elle garderait en elle toute sa vie, comme le jour où elle lui avait appris à monter à bicyclette, celui où elle lui avait acheté son premier soutien-gorge, et les soirs où elle lui faisait la lecture, même quand Martha était trop grande pour ça.

Je dis que je ne revoyais pas mon père en train de me lire un livre, que c'était mam qui m'avait appris à faire du vélo, et que je ne portais pas de soutien-gorge.

Martha répondit que si je m'accrochais autant aux affaires de mon père, c'était peut-être parce que je n'avais pas assez de bons souvenirs de lui pour remplir le vide.

C'était bien vu.

XXI

Je passai la nuit chez Martha. Nous avions veillé tard, et je dormis sur le canapé. Je me réveillai en pensant à la décharge, à la montre de mon père, à mam. Martha m'apporta du thé et du pain grillé sur un plateau.

Je me rendis chez Bob au lieu d'aller à l'école. Il avait déjà vu mam. Elle l'avait rejoint directement chez lui la veille, en revenant de la décharge. Bob n'eut pas l'air heureux de me voir devant sa porte.

– Pour l'amour de Dieu, fiche la paix à ta mère, tu veux bien ? dit-il en me faisant entrer.

Il me demanda si je l'avais appelée, je haussai les épaules et répondis :

– Pas encore.

– Tu es complètement à côté de la plaque, tu t'en rends compte au moins ? me lança Bob, puis il me passa le téléphone.

Je dus faire la grimace ou quelque chose comme ça, parce qu'il eut ce regard dur, du genre « Ne me prends pas pour un imbécile. »

– Appelle-la maintenant, ou c'est moi qui le ferai à ta place, dit-il.

Ce n'était pas une menace bien méchante, parce qu'en réalité j'aurais nettement préféré que ce soit Bob qui l'appelle, je faillis donc le mettre au pied du mur. Mais j'eus pitié de lui, coincé entre mam et moi, avec ses menaces dérisoires, jouant le rôle de père comme il le pouvait, alors même qu'il n'était pas obligé de le faire, et n'était pas de la famille. Je lui pris donc le téléphone des mains, et composai le numéro de la maison. Il n'y avait personne.

Il est beaucoup plus facile de s'excuser sur un répondeur que devant une personne réelle, exaspérée, pleine de sa supériorité morale. Je dis :

– Bonjour, c'est moi, Lucas. Désolé pour hier. Je ne pouvais pas supporter ça. Ce n'est pas ta faute. Je rentrerai tout à l'heure ou demain. Salut.

Bob n'eut pas l'air très impressionné.

On se mit alors à parler de mam. Ça me parut un peu bizarre, sur le moment, parce que j'étais venu parler de mon père, ce qu'on ne fit presque pas, et que finalement, je ne m'en trouvai pas plus mal.

C'est Bob qui commença :

– Combien de temps crois-tu qu'elle peut supporter ça ?

– Supporter quoi ? demandai-je, parce que je ne me sentais pas vraiment prêt à entrer dans le vif du sujet.

Bob leva les yeux au ciel et regarda par la fenêtre pendant une minute, puis il reprit :

– Qu'est-ce qu'elle a fait de mal ?

– Elle a balancé toutes les affaires de papa à la décharge !

– Oh, il voulait tout garder alors ?

– Non, mais…

Il m'interrompit, et ce fut un soulagement, parce que je ne savais pas comment continuer après le mais.

– Et avant ? Qu'est-ce qui t'a heurté dans ce qu'elle a fait la semaine dernière ?

– Qu'est-ce que tu veux dire ? demandai-je, tout en sachant très bien à quoi il pensait.

– Ce n'est pas la faute de ta mère s'il est parti, reprit Bob. Tu l'as compris, non ?

Je dis oui, et je pensai que c'était tellement paradoxal et injuste d'en avoir voulu si longtemps à la personne qui était restée là, au lieu d'en vouloir à celle qui m'avait abandonné.

– Dieu sait qu'elle mériterait mieux des hommes, dans sa vie, remarqua Bob, faisant plus ou moins écho à ce que j'étais en train de penser.

– Tu as toujours été gentil avec elle, dis-je, et Bob eut ce rire sec et triste qu'il avait quand nous parlions de mam et de lui.

– Elle n'a jamais eu besoin que je sois gentil avec elle. Elle avait besoin de toi et de Pete.

J'avais toujours été fier qu'on me mette sur le même plan que papa, père et fils, Lucas et Pete. Tout ce que je voulais, c'était ressembler à mon père, être comme lui, que les gens se souviennent de lui en me voyant. Maintenant ça me donnait l'impression d'être complètement inexistant.

Je ne voulais plus être comme mon père.

Chacun de nous resta silencieux pendant un moment. Puis je lui parlai des disques de papa. Bob répondit qu'il serait heureux de les prendre, ce qui était sympa de sa part, en fin de compte.

En sortant, je voulus faire comprendre à Bob qu'il avait su me toucher, d'une certaine façon, que notre conversation avait signifié quelque chose pour moi. Je voulais dire quelque chose qui me distingue de mon père.

Parce que, soit dit en passant, je sais que mam est

drôle et intelligente. Je sais qu'elle nous aime. Elle travaille dur, emmène Jed dans des endroits super, sort parfois avec nous aussi. Elle nous laisse prendre nos propres décisions, Mercy et moi, elle nous demande notre opinion comme si elle voulait réellement l'entendre, et elle est formidable. En plus, elle est toujours très belle, à mon avis, même si je doute que ce soit grâce aux saloperies qui sont dans sa salle de bains.

Je ne sais pas si j'ai su le faire comprendre à Bob. Il est beaucoup plus facile de dire ce qu'on veut quand on est le seul à l'entendre.

J'avais déjà fait une bonne partie du trajet vers la maison, quand je me rappelai que Violet était toujours dans l'armoire de Bob. C'était l'une des raisons pour lesquelles j'étais allé chez lui. Je restai là sur le trottoir, ne sachant plus que faire, hésitant à retourner la chercher là-bas, ou à continuer mon chemin. Je me balançai d'un pied sur l'autre en marmonnant, les gens me regardaient, mais ce n'était pas nouveau. Soudain, j'entendis qu'on m'appelait, je levai les yeux et vis Martha sur le trottoir d'en face, elle me fit signe de la rejoindre, et je me dirigeai vers elle.

– Où vas-tu ? me demanda-t-elle.

Je lui expliquai que je n'arrivais pas à me décider,

et elle se mit à rire en renversant la tête en arrière, sa jolie bouche ouverte. Je passai la main dans ses cheveux, et elle sourit, elle ressemblait à un ange, sincèrement, c'est comme ça que je la voyais.

On repartit chez Bob, et je courus chez lui, pris mon sac, m'excusai de l'avoir laissé là, puis je courus de nouveau vers la porte. J'étais simplement pressé de rejoindre Martha.

– Lucas, tu as des ennuis ? me demanda Bob en me regardant moi, puis mon sac à dos.

Je hochai négativement la tête, et dis :

– Non, ma copine m'attend dehors.

Alors il sourit et fit une plaisanterie, insinuant que je rangeais mes préservatifs dans son armoire.

Je courais déjà dans l'allée, quand je me retournai vers lui et tout en continuant de courir en arrière, je sortis l'urne, la brandis pour qu'il la voie, et lui criai :

– Non, c'est notre amie Violet Park que j'avais rangée dans ton armoire.

Puis je passai l'autre bras autour des épaules de Martha et m'éloignai.

Je crois que je lui avais balancé ça, parce que sa plaisanterie sur les préservatifs m'avait un peu énervé. Mais je le regrettai aussitôt. Car Bob fit une de ces têtes ! Une tête effroyable.

Je n'arrivai pas à me l'ôter de l'esprit pendant plusieurs jours. Mes paroles l'avaient pétrifié. Je suis sûr qu'il aurait couru derrière nous s'il avait pu bouger. Ce n'était pas seulement parce que j'avais entreposé les cendres de quelqu'un dans son appartement, que Bob avait eu cette expression. Il y avait quelque chose de plus. C'était le nom de Violet qui l'avait réellement choqué. Il était devenu tout blanc, restant bouche bée d'horreur, comme s'il avait vraiment vu un fantôme. Sur le moment, j'avais pensé que c'était le fantôme de Violet, mais il s'avéra que d'une certaine façon, c'était celui de mon père.

Martha tenait beaucoup à avoir la vraie Violet Park avec nous. Elle demanda ce qu'on avait envie de faire tous les trois, et je voulus savoir où elle se dirigeait quand elle m'avait vu un peu plus tôt.

– J'ai accompagné ma mère à l'hôpital ce matin, pour une autre séance de chimio, et je préférais ne pas retourner à l'école aujourd'hui. Si on donnait un peu de bon temps à Violet ? elle est restée trop longtemps sans rien faire !

Nous avons donc pris deux billets pour le London Eye, une grande roue avec des nacelles au-dessus de la Tamise, offrant des vues panoramiques sur la ville. C'était comme si Violet allait sortir de son urne, tellement elle était excitée. Nous avons joué à ce jeu idiot qui consiste à trouver un monument ou un lieu pour chaque lettre de l'alphabet. A pour aquarium, B pour Buckingham Palace ou Big Ben, C pour Canary Wharf, D pour Dulwich, etc. (les plus durs étaient le X et le J). Ensuite, nous avons pris le pont branlant jusqu'à la Tate Modern, le musée d'art contemporain. Violet était emballée par le fleuve, on s'est donc appuyés contre la balustrade, le nez au vent, pour regarder l'eau couler, bouillonnante et rapide, d'un beige boueux. J'ai posé Violet sur la rambarde, en entourant l'urne d'un bras pour qu'elle ne tombe pas, et en prenant Martha par la taille, de l'autre. Je lui ai demandé doucement à quoi nous devions ressembler, deux mômes en excursion avec les cendres de quelqu'un, et elle m'a répondu dans un murmure que nous devions avoir l'air heureux.

Je me suis dit alors que malgré tout, malgré sa mère si malade, mon père absent et une grande déception, bien que Violet fût morte aussi, nous l'étions vraiment.

XXII

Je n'avais parlé à personne de la cassette de Violet, pas même à Martha. Je ne savais pas pourquoi, à l'époque, simplement je n'en avais pas envie. Elle était à moi, j'imagine. À moi, à papa, à Violet, au moins jusqu'à ce que je sache ce qu'elle contenait.

Je pris tout mon temps pour me préparer à l'écouter. Je baissai les stores de ma chambre, et me fis une tasse de thé. Je trouvai un stylo et du papier. J'approchai une chaise et une table de la fenêtre, en alignant dessus la cassette, le stylo, le papier, et le minimagnétophone de mon père. J'allai chercher de nouvelles piles dans la cuisine. Je me préparai une autre tasse de thé et un sandwich, pris une pomme, quelques cacahuètes et autres petites choses, juste au cas où, ne sachant pas du tout pour combien de temps j'en aurais. Je me roulai tranquillement un joint, en pensant que je pourrais en avoir besoin.

Je n'arrêtais pas de me dire: «Pourvu que la cassette ne soit pas effacée, qu'elle ne se réduise pas à rien.» Je verrouillai et déverrouillai la porte de ma chambre, puis la verrouillai à nouveau. Je crois que je retardais le moment d'écouter cette cassette, car tout en mourant d'envie de savoir ce qu'elle contenait, j'en avais peur aussi. Ça me terrifiait même, en vérité.

Je devais la rembobiner d'abord, et j'appuyai sur le mauvais bouton, surgit alors cette voix qui parlait, au milieu d'une phrase, et c'était celle de mon père. Je me sentis mal, angoissé, j'avais froid, et j'arrêtai aussitôt. Je restai assis là, à regarder l'appareil pendant quelques instants, puis je sortis mes écouteurs. La dernière chose dont mam avait besoin en ce moment? du son de la voix de mon père quelque part dans la maison.

Grâce aux écouteurs je pouvais entendre mon père et Violet bouger, respirer, autant que parler. J'entendais aussi les oiseaux derrière la fenêtre près de laquelle ils étaient assis, et les voitures qui passaient. Quelqu'un versait du thé, je percevais le tintement d'une cuiller dans une tasse.

Je fermai alors les yeux et j'eus soudain l'impression d'être assis là avec eux, comme si j'avais voyagé dans le temps.

Tous ensemble dans une pièce, l'absent, la morte et moi.

Cette pièce que nous partageons est tapissée de livres, le parquet en bois est couvert d'un vernis couleur de miel clair, les fenêtres (trois) donnent sur un ciel lumineux, vide, et sur les bruits assourdis du parc. Nous sommes assis sur des chaises pliantes, et mon père croise les jambes, la droite sur la gauche, il fronce les sourcils en écoutant, fume beaucoup de cigarettes, et note de temps en temps quelque chose dans un carnet marron. Je pense à ce carnet ouvert et fermé au gré du vent, gonflant sous la pluie à la décharge, à cause de mam. La chaise de Violet est en face de celle de papa, leurs genoux se touchent presque, et elle se penche légèrement en avant, pour s'assurer qu'il l'écoute attentivement.

Elle n'a pas le bon âge. Je veux dire que je l'imaginais beaucoup plus jeune que ce qu'elle devait être à ce moment-là. Je me sers des photos et du portrait d'elle que j'avais vus, et je fais de mon mieux, mais je suis vraiment perdu. Sa voix est bien plus vieille que la Violet que je me représente. Elle se fêle, tremblote et faiblit au milieu des phrases. Ses mains volettent, tandis qu'elle parle, une bague étincelante à chaque doigt, ses ongles sont courts et d'un rouge brillant. Il y a tant de vie dans ses mains que j'en ai les larmes aux yeux rien qu'à les voir.

Ni l'un ni l'autre ne me remarque, dans mon coin, défoncé, en larmes et souriant comme un idiot. Ils ne me regardent pas une seule fois.

– Commençons par votre famille, dit papa.

Je me décompose en entendant sa voix.

Violet soupire et parle comme si elle avait déjà tout raconté auparavant.

– J'étais l'enfant unique de parents âgés. Ils m'ont poussée sans ménagement à faire quelque chose de ma vie, parce qu'ils n'en avaient pas été capables eux-mêmes.

– Avez-vous eu une enfance heureuse ?

– Oh non, mon Dieu, s'exclame-t-elle en riant, mais on sent qu'elle ne trouve pas ça si drôle. J'ai travaillé dur, et je ne me rappelle pas m'être beaucoup amusée. Ils m'éloignaient des autres enfants.

– Pourquoi ?

– Pour éviter la contamination, j'imagine. Ils ne voulaient pas que je sente le vent de la rébellion.

– Vous étiez donc sage, une enfant obéissante ?

– Comment ne pas l'être, mon chou, je ne savais pas que j'avais le choix, je ne l'ai compris que plus tard.

Violet a un rire de gorge grave, profond, comme si, à un moment de sa vie, elle avait fumé des milliers de cigarettes. Mais à présent, seul papa fume. Je l'entends souffler la fumée.

– Est-ce que vous leur en avez voulu ?

– De leur sévérité et de mon isolement ? De n'avoir eu mon premier véritable ami qu'à l'âge de dix-sept ans ? Oui, bien sûr, au début. Mais maintenant, je comprends qu'ils ont fait de leur mieux, c'est tout.

– Vous le pensez vraiment ?

– Oui, mon cher. Je suis sûre que j'aurais fait bien pire à leur place.

– Avez-vous eu beaucoup de mal à leur pardonner ?

– Comment ça ? C'était facile ! En fait, les enfants préfèrent nettement aimer leurs parents, plutôt que les détester.

– Mon Dieu, je l'espère, dit papa et Violet le regarde en haussant ses fins sourcils tracés au crayon.

– Pourquoi dites-vous cela, Peter ? Désirez-vous pardonner ou être pardonné ?

Je guette attentivement sa réponse, et il lâche :

– Je suis un très mauvais père.

Rien de plus. Je veux aller vers lui, pour lui dire

que je le pardonne pour ce qu'il n'a même pas encore fait, mais ce n'est pas vrai, et de toute façon je ne peux pas bouger.

Papa lui demande ce qu'elle comprend à présent au sujet de ses parents, si elle sait ce qui les a poussés à la pousser ? Elle fait une pause pour réfléchir, regardant au-delà de mon père, dans son passé.

– J'y ai pensé souvent. C'était surtout ma mère. Elle était professeur, et sa vie lui semblait trop étroite, trop étriquée. Elle rêvait d'être une grande actrice, et à l'école on lui avait déclaré qu'elle n'y arriverait jamais, avec son physique quelconque, sa poitrine plate. Elle avait cru ces gens-là, ils l'avaient détruite. Mais elle jouait bien, je me rappelle qu'elle jouait vraiment bien. Elle avait réussi à illuminer les tentatives théâtrales du centre d'art dramatique amateur de Hobart, en tout cas. J'ai vu toutes leurs pièces quand j'étais petite, y compris les répétitions. En fait, je pensais qu'elle était vraiment actrice, jusqu'à ce qu'elle me suive à l'école et commence à enseigner. Ce fut une déception redoutable, pour elle comme pour moi.

Papa ne dit rien. Il la regarde, hoche la tête, et attend qu'elle continue.

– Mon père était directeur de banque, poursuit-elle. Il gardait une certaine réserve à notre égard. Je ne suis pas sûre qu'il se soit jamais senti détendu à la maison. Mais il adorait la discipline, la routine, il appliquait donc les directives strictes de ma mère. Il était, je pense, quelque peu terrifié par sa femme passionnée, insatisfaite, et par sa fille solitaire, et musicienne.

– Vous étiez musicienne, comme enfant?

– Oh oui, très, dit-elle. Un jour, au théâtre, je fis une peur bleue à ma mère. Je jouai un morceau que je n'avais entendu qu'une seule fois, une minute avant, en entier et sans faute. Elle était en train de regarder s'il n'y avait pas un mécanisme caché dans le piano, quand je recommençai. Je crois que c'était un petit menuet de Mozart, rien de spectaculaire. Je ne m'en souviens pas du tout.

– Quel âge aviez-vous?

– Trois ou quatre ans, répond Violet.

Je vois un sourire se dessiner sur le visage de papa.

– Trois ou quatre ans, répète-t-il.

– Je crois qu'ils se seraient bien passés de cet épisode. C'est épuisant d'avoir un enfant comme ça, un enfant particulier, d'après ce qu'on m'a dit.

Alors mon père sort quelque chose de tellement inattendu, que je ne sais plus où regarder.

– Mon fils Lucas est un enfant étrange.

Je suis assis là dans la pièce, les yeux baissés sur mes chaussures. Les chaussures de papa, que j'ai aux pieds, et voilà ce qu'il dit de moi.

– Oh, très bien ! s'exclame Violet. Parlons de quelqu'un d'autre, j'en ai vraiment assez de moi. Parlez-moi de ce fils étrange, ce Lucas. Quel âge a-t-il ?

– Dix ans.

Cette cassette date donc d'un an avant le départ de papa. J'essaie de me rappeler comment j'étais à dix ans. Étais-je donc si étrange ?

– Est-ce que vous l'aimez ? demande-t-elle. Est-ce que vous vous entendez bien ?

– Je ne sais pas. Je ne crois pas qu'il m'aime tellement.

Mais si, idiot, bien sûr que je t'aime et que je t'aimais.

– En quoi est-il étrange ? demande Violet.

Je n'en reviens pas qu'elle pose des questions sur moi, qu'ils parlent de moi pendant que je suis assis dans un coin en train d'écouter. J'en serais flatté, s'ils ne disaient pas ce qu'ils disent.

– Il reste souvent seul. Il observe. Je pense qu'il me soupçonne de quelque chose.

– De quoi ?

– On en reparlera plus tard, une autre fois peut-être, répond mon père.

Et ce qui est drôle, c'est qu'il me regarde en parlant, comme s'il savait que je l'écoutais.

– Avez-vous des enfants ? lui demande-t-il.

Elle fronce les sourcils, secoue la tête en buvant son thé, comme font les gens quand il est trop chaud, ou simplement pour se donner une contenance.

– Non, répond-elle. Je n'en ai jamais voulu. Je ne suis pas du genre maternel, je suis trop égoïste. J'aurais été coincée à la maison, à jouer du piano pour personne. Et ce n'était pas dans mes intentions. J'ai toujours su que je n'en aurais pas.

– Comment avez-vous pu en être si sûre ? À quel âge en avez-vous été convaincue ?

– Je ne voulais pas devenir comme ma mère – tout ce talent étouffé. C'était une femme malheureuse, amère, qui a passé sa vie au service des autres, à contrecœur. Elle aurait considéré le fait que j'aie ma propre famille comme la trahison suprême.

– Ainsi, parce que votre mère n'était pas heureuse, vous avez décidé qu'être mère n'était pas pour vous ?

– Exactement. Mais les enfants imaginaires ne posent aucun problème.

– Les enfants imaginaires ?

– Oui. Dans les années cinquante, je me suis inventé un fils, un garçon absolument charmant du nom d'Orlando, qui était pilote automobile, entraîneur de chevaux, ou cascadeur, selon la soirée à laquelle je me trouvais.

– Vous en avez parlé à d'autres gens ?

– Bien sûr ! C'est pour ça que je l'ai inventé. Il était irrésistible. Les autres voulaient toujours en savoir davantage sur lui. De quoi pouvais-je donc parler à toutes ces réceptions ? Du si bémol ? Des loges et du restaurant des studios de cinéma de Pinewood ? Orlando a égayé un peu les conversations.

Mon père rit de son rire éclatant, dévorant, celui dont je ne peux pas croire que je l'avais presque oublié. Chaque fois que je racontais quelque chose de drôle à papa, et que je l'entendais rire, je me sentais fier de moi, intelligent, et ça me faisait chaud au cœur.

– Je n'en reviens pas, s'exclame-t-il, en continuant de rire, et en s'essuyant les yeux. Vous avez inventé que vous aviez un enfant pour avoir quelque chose à raconter dans les réceptions. Qui était le père ?

– Oh, je ne parlais pas de *lui*, répond Violet en

souriant. J'ai dû laisser entendre qu'il était extrêmement célèbre. Pour raviver l'intérêt, vous comprenez, causer encore plus de scandale. Un enfant sans père, ça faisait beaucoup de bruit, à l'époque, pas comme maintenant, où ça ne fait plus sourciller personne.

Moi si, je voudrais faire remarquer. J'ai sourcillé quand j'en suis devenu un.

– Racontez-moi votre enfance en Tasmanie, reprend mon père.

– J'ai cru que c'était le paradis, cette mer, ces montagnes, cette chaleur. J'ai cru être l'une des rares personnes qui avaient la chance d'être nées là. Et puis j'ai découvert que cette terre ne nous appartenait pas, que nous l'avions volée à son peuple. Vous pouvez imaginer ce que j'ai ressenti ?

– Vous vous sentiez responsable ? demande mon père, et Violet répond :

– Eh bien, certains membres de ma famille auraient dû.

Elle fait une pause avant d'ajouter :

– J'avais l'impression d'être une tache de sang sur un drap blanc. Je me sentais terriblement voyante, terriblement condamnable.

– Comment vous en êtes-vous aperçue ? veut savoir mon père.

– Je l'ai lu dans un livre. Je n'avais pas plus de huit ou neuf ans. J'étais assise toute seule sur un coussin dans un coin de la bibliothèque de Hobart. Le parquet brille, dans cette bibliothèque, et les plafonds sont très hauts.

– Comment s'appelait ce livre ?

– Figurez-vous que je n'arrive pas à m'en souvenir. Il était posé par terre sous une étagère, j'ai eu de la peine pour lui, alors je l'ai pris et j'ai commencé à le lire.

– Vous avez eu de la peine pour le livre ? sourit mon père.

– Je suis quelqu'un de très sensible, de très émotif, dit Violet, en remuant un peu sur sa chaise, avec un petit bruissement. Imaginez ce que j'ai éprouvé pour les aborigènes !

La voix de Violet n'avait qu'une très légère pointe d'accent australien. Elle parlait un anglais impeccable, net, précis, teinté d'une ombre d'australien.

Je suis en train de penser à sa voix, et mon père doit le faire en même temps que moi.

– C'est pour ça que vous avez chassé toute trace de vos origines de votre vie, de votre façon de parler ? lui demande-t-il.

– Oh, ma colère a diminué à mesure que je

m'éloignais, dit-elle, et je me suis calmée avec l'âge. Maintenant, je suis fière d'être une femme tasmanienne. J'aurais simplement voulu être entourée par un peu plus de guerrières tasmaniennes. Parce que finalement, qu'est-ce que j'ai fait ? J'ai joué du piano dans des films.

– Et l'intonation de votre voix ? demande papa. Elle paraît si anglaise !

– J'ai dû prendre des cours de prononciation pour arriver à quelque chose. Vous, les rosbifs, vous pensiez tous que j'étais une tondeuse de moutons !

Et pour prononcer cette phrase, elle prend l'accent tasmanien le plus fort, le plus appuyé. Ils rient alors brièvement ensemble, deux octaves différentes sur un piano à queue. Il lui demande quand elle a quitté la Tasmanie, et elle répond :

– J'avais dix-sept ans. C'était un drôle de moment pour arriver à Londres, mon Dieu ! Je suis allée étudier à l'Académie Royale. Là, c'était comme si quelqu'un avait éteint les lumières. Il n'y avait pas de chaleur, pas de couleurs, le soleil était sans éclat. C'était trop dépaysant, trop déprimant. Sur le pont de Westminster, j'imaginais l'eau de la Tamise coulant jusqu'en Australie, coulant jusqu'à chez moi.

– Vous aviez le mal du pays ?

– Oui, terriblement. Mais j'ai appris à vivre avec, parce que je ne voulais pas rentrer. Je n'ai jamais voulu.

– Vous avez des regrets ? Auriez-vous envie de retourner là-bas ?

– Mon chou, le prochain endroit où je vais aller, c'est sous terre.

– Oh, Violet, vous avez encore le temps !

– Sauf si j'ai mon mot à dire.

Mon père et moi levons aussitôt les yeux vers Violet, en l'entendant, nous redressons la tête d'un coup, exactement en même temps. Ce n'est pas tellement ce qu'elle dit, une simple banalité qui pourrait n'avoir aucune signification. C'est la façon dont elle le dit. Le silence entre eux se prolonge, tandis que je l'observe lui, qui l'observe elle.

– Au fait, pourquoi cette interview, mon chou ? demande-t-elle, en changeant de sujet.

Mon père répond que ce n'est pas pour le livre, que c'est simplement l'esquisse d'un portrait, peut-être pour un journal du dimanche, rien de plus, mais qu'il aime faire les choses à fond.

– Et moi qui pensais que vous vouliez simplement passer du temps avec moi, soupire Violet.

Ils se sourient dans le silence de la cassette.

– Est-ce que vous écrirez ma nécrologie ? J'aimerais que ce soit vous qui vous en chargiez.

– Si je suis toujours là, dit papa.

Et je pense « Tu seras là, encore pendant un an environ, et puis tu tomberas dans un grand trou noir. » Je me demande si cette nécrologie a été la dernière chose qu'il a écrite avant de disparaître, s'il l'a écrite.

Puis Violet tousse, remue sur sa chaise, qui grince, et dit :

– Maintenant j'en ai assez de m'entendre parler. À votre tour. Je vais vous poser cinq questions sur votre vie personnelle. C'est moi qui fais votre portrait, à présent. Et, pour que ce soit juste, laissez tourner le magnétophone.

XXIII

Si vous pouviez interviewer quelqu'un et lui poser cinq questions auxquelles il devrait répondre sincèrement, qui choisiriez-vous, et que lui demanderiez-vous ?

Une de ces questions sans fin, dans le genre : « Si vous pouviez rencontrer trois personnages de l'histoire, ce seraient lesquels ? » (Mahatma Gandhi, Kurt Vonnegut, Bill Hicks), ou « Quelles sont les quatre choses que vous emporteriez sur une île déserte ? » (un bateau, un appareil à distiller l'eau, un iPod muni de piles inusables et Martha, mais ça, c'est de la triche).

Dès qu'on a répondu, on change immédiatement d'avis, et on pense à quelque chose de mieux qu'on aurait dû dire à la place. C'est comme ça que je fonctionne, en tout cas.

Je ne suis pas sûr que je choisirais mon père. Si je

pouvais interviewer n'importe qui au monde, absolument n'importe qui, j'aurais le devoir, sans doute, d'arracher la vérité à quelqu'un comme George Bush, parce mon problème avec mon père ne concerne que moi, alors que celui que posent les dirigeants mondiaux moralisateurs qui s'acharnent dans l'erreur et sont cons comme un balai, c'est celui de tout le monde.

En admettant que mon père soit toujours vivant, cependant, et que j'aille l'interviewer, voilà ce que je lui demanderais :

1. Où es-tu passé depuis le 16 octobre 2002 ?
2. Pourquoi n'as-tu pas pris contact avec nous ?
3. Avons-nous fait quelque chose qui n'allait pas ?
4. As-tu des regrets ?
5. Et maintenant, que fait-on ?

Violet posa cinq questions à papa. Je les connais, ainsi que leurs réponses, à peu près par cœur, parce que je les ai écoutées et réécoutées plusieurs fois, essayant d'apprendre ce qu'il dit, et essayant d'entendre ce qu'il ne dit pas vraiment. C'était moins d'un an avant son départ, d'après mes recoupements, et ses réponses montrent qu'il y pensait déjà.

Quand et où avez-vous été le plus heureux?

Sur une péniche à Chelsea Wharf, vers 1985. J'étais avec Bob à une fête. Nous étions soûls, je venais de sortir d'une cure de désintoxication, d'obtenir du boulot au journal The Times, *et j'étais sur le point de rencontrer la fille que j'allais épouser. Tout ça en une seule journée.*

Quel est votre plus grand regret?

Ne pas être capable de répondre aux attentes de ceux que j'aime. Je rentre à la maison, et ils sont déçus. Ce n'est pas un sentiment agréable. Ça, plus l'échec de la diplomatie dans les affaires internationales. Et ne pas savoir qui est mon vrai père, aussi. Faites votre choix.

(Qu'est-ce que mon père éprouve à l'égard de Jed, me demandai-je, alors que c'est sa faute si mon frère n'a jamais vu son vrai père? C'est fou de voir comme les gens tournent en rond et reproduisent les mêmes erreurs que celles qui les ont bousillés en premier lieu. On aurait pu s'attendre à ce que certaines personnes soient plus intelligentes que ça.)

Quelles sont les personnes qui vous ont le plus influencé dans votre vie?

Nicky parce qu'elle m'aime, même si je ne sais pas bien

lui rendre cet amour. Bob parce qu'il a toujours été là, et que sans lui, il me manquerait la moitié de mes souvenirs, bien qu'il se soit royalement gâché la vie, et qu'il adore ma femme, cet idiot.

Un type appelé Mitchell Malone, un brancardier, malade de vitesse, qui a failli me tuer pour une dette de poker. Il aurait pu le faire, je n'avais pas la moindre chance contre lui. Il aurait jeté mon cadavre dans le fleuve, et personne n'en aurait rien su, mais il a changé d'avis, et m'a laissé partir. Je n'ai jamais su pourquoi. Il a sacrément influencé le cours de ma vie, vous ne croyez pas ?

Qu'est-ce qui ne va pas dans le monde, Peter?

Mon Dieu, je ne sais pas. Par où commencer ? Les gens baissent les bras. Nous sommes défaitistes, et on arrête de se battre, de lutter, ou d'apprécier les choses. Peu importe de quoi on parle – guerre, travail, mariage, démocratie, tout échoue parce que chacun abandonne après avoir essayé pendant un moment, c'est plus fort que nous.

Et ne me demandez pas de résoudre quoi que ce soit, parce que je suis le pire. Je fuirais demain, si je le pouvais, tout ce que j'ai toujours voulu obtenir.

(Voilà, c'était dit de sa bouche même. Encore un peu, Pete, et c'est ce que tu feras.)

Si un ami proche vous le demandait, est-ce que vous l'aideriez à mourir?

Mon Dieu, je ne sais pas. Je crois qu'on a le droit de mourir, si c'est le sens de votre question. Si les gens sont malades, ou si rien ne les raccroche à la vie et qu'ils sont sains d'esprit, s'ils veulent disparaître, qui suis-je pour les empêcher de se donner la mort? Mais je ne sais pas si je pourrais les aider à le faire. Je suis un lâche. Mes amis le savent. Ils choisiraient quelqu'un de plus courageux. Ils ne me le demanderaient pas.

Moi, je vous le demande, Peter.

C'est là que la cassette s'arrête. Elle se tait brutalement, comme si le poing de quelqu'un s'était abattu sur elle, celui de mon père, parce que Violet lui a tout simplement demandé de la tuer. C'est sur la bande.

C'est ce que je fis moi, aussi, je donnai un coup de poing sur le magnétophone, le faisant presque tomber de la table, parce que je n'en croyais pas mes oreilles.

Je mis un moment à m'habituer au silence de ma chambre. J'ouvris les yeux, enlevai les écouteurs, et me retrouvai seul, des années plus tard, toujours à l'écoute de leurs voix, essayant d'entendre ce qui n'était plus sur la bande, essayant de deviner ce qu'il avait pu lui dire une fois qu'ils avaient arrêté l'enregistrement, qu'il avait allumé une autre cigarette, les mains tremblantes, pendant qu'elle leur versait calmement encore un peu de thé.

Car enfin, que pouvait-il répondre à ça ?

Vous plaisantez.

Vous ne parlez pas sérieusement, bien sûr.

Très drôle, Violet.

Pas question, mon Dieu !

Comment osez-vous ?

Essayez le suicide (en vous jetant sous un train, en sautant d'un pont, en vous tirant une balle dans la tête, etc.)

À moins qu'il ait dit :

– *Oui, d'accord, je vous aiderai.*

XXIV

La mère de Martha est morte. Wendy est morte.

Les gens répètent qu'il fallait s'y attendre, que cela n'a pas vraiment été une surprise, et des choses de ce genre, mais Martha dit qu'on a beau avoir été prévenu ou s'y être préparé, la mort est quand même brutale, c'est quand même un choc.

– Elle était encore là il y a une minute, j'avais encore ma maman, et la minute d'après elle était partie pour toujours. En quoi ça m'aide de savoir depuis dix ans que ça arriverait un jour ?

Ses paroles me firent réfléchir, je pensai à cet instant précis où quelqu'un meurt, et je compris que c'est ce qui m'avait été épargné, dans un sens, par le départ énigmatique de mon père. Les lignes autour de lui sont floues, les lignes qui séparent le fait d'être vivant et celui d'être mort, comme s'il s'était doucement dissipé, passant d'un état à l'autre, pendant tout le temps où il a disparu. Si mon père était mort maintenant, ce serait toujours un choc, mais ça n'aurait rien à voir avec ce qu'a ressenti Martha, qui le matin même, tenait la main de Wendy vivante, alors qu'elle ne l'était plus l'après-midi. Elle dit qu'elle a baissé les yeux sur la main morte de sa mère dans les siennes, et qu'elle a pensé : « Elle ne me touchera plus jamais. » Elle a pensé : « Ce n'est plus ma maman, ce n'est qu'une main » et elle a dû quitter la chambre pour aller vomir.

La cérémonie funéraire fut plutôt simple, si l'on pense qu'à une certaine époque, Wendy avait espéré que ses cendres finiraient dans le Gange. Elle eut lieu dans une église, et le pasteur parla sans cesse de Dieu, dont je sais qu'elle doutait.

Le père de Martha lut un poème dans lequel mourir était simplement se laisser aller, se libérer, ou même une façon de naître, et c'était incroyable parce que plein d'espoir, parce que la mort apparaissait alors comme la chose la plus décontractée, la plus détendue qui soit. Dans ce poème, ce n'était pas comme si la mort était la fin de tout, ce n'était que la fin de l'être que l'on était, avec tous les complexes ou les peurs, les souvenirs, les idées folles qui nous accablent quand on est vivant.

Si l'on considère les choses comme ça, la mort n'est pas un si mauvais choix pour certains.

Ensuite, la maison fut bondée, les gens faisaient pratiquement la queue pour dire comme Wendy était brillante, surprenante, et courageuse. Il y eut une projection de diapositives sur le mur de l'escalier, des photos d'elle enfant, le jour de la remise de son diplôme, à son mariage, avec Martha bébé dans les bras, l'air rayonnant, l'air malade, riant et secouant ses vrais cheveux. Les gens restèrent longtemps à les regarder, même quand les photos repassèrent, et qu'ils les avaient vues plus d'une fois. Je suppose que c'était parce qu'ils voulaient toujours se sentir auprès d'elle et que c'était la meilleure façon pour eux d'y parvenir.

Martha n'était pas à l'aise chez elle, avec tous ces gens qui parlaient de Wendy en s'enivrant, et nous sommes donc sortis, en marchant au hasard. La nuit tombait, la couleur exsudait de partout, les réverbères n'étaient pas encore allumés pour tout transformer en orange. Des gens riaient dans la rue, traversaient en courant, rentraient dans les pubs. Je n'arrêtais pas de me dire : « Ils ne savent donc pas que sa mère vient de mourir ? » On finit par s'asseoir sur un muret devant un funérarium, c'était le comble. Martha pleurait et riait en même temps. Elle dit qu'elle ne pouvait pas imaginer être avec qui que ce soit d'autre dans un moment pareil.

– Nous sommes de la même famille maintenant, toi et moi, tu sais, ajouta-t-elle, et j'eus beau m'en défendre à cause de l'enterrement de sa mère, je me sentis vraiment bien en entendant ses paroles.

*
* *

Martha pleure beaucoup. Elle dit que j'aurais intérêt à m'y habituer, parce que cela risque d'être son activité principale pendant un bout de temps, même quand elle ne s'y attend pas du tout, et n'en a pas envie. Elle a raison. Nous avons remarqué tous les deux qu'elle pleure surtout lorsqu'elle est heureuse, que nous sommes ensemble, par exemple, qu'on fait les fous, ou que quelque chose la fait éclater de rire. Martha dit que c'est parce que, au moment où elle se rend compte qu'elle est heureuse, elle se sent coupable d'oublier de ressentir l'absence de sa mère.

Je lui dis que ce n'est pas parce qu'elle ne pense pas à sa mère, que celle-ci ne lui manque pas. C'est une autre partie du cerveau qui s'occupe du manque, c'est tout.

XXV

Avant cette cassette, tout ce qui pouvait relier Violet et mon père ne relevait que du domaine de l'hypothèse. Il semblait en effet absurde qu'ils aient pu être liés d'une manière ou d'une autre, si ce n'est par leur absence. Et soudain, en les entendant parler, je me rendis compte que c'était justement cette absence, qui les rapprochait d'une façon que je n'aurais jamais pu imaginer.

La seule chose dont j'étais sûr, c'était que Violet avait demandé à mon père de l'aider à mourir.

Et après ?

Mon père avait-il accepté ou pas ? Parce que s'il avait dit oui, ça changeait la donne.

Si vous acceptez d'aider quelqu'un à mourir, et que vous disparaissez peu de temps après, il y a de fortes chances pour que ces deux faits aient un rapport entre eux.

J'avais essayé de me rappeler comment était mon père au cours des mois qui avaient précédé la mort de Violet et le moment où il nous avait quittés, alors que j'avais dix ans, que j'étais étrange (à ce qu'il paraît), et que ma façon de dévisager toujours les gens n'était pas pour m'aider.

Est-ce qu'il ne pensait qu'à aider une vieille dame à mourir ?

Ou est-ce qu'il rêvait simplement à des moyens de s'enfuir ?

J'y ai beaucoup réfléchi, et je crois que les choses se sont passées de la façon suivante :

Après que Violet a demandé à mon père de la tuer, après l'interruption de l'enregistrement, après qu'elle a sans doute répété sa question, mon père a répondu NON.

Il s'est peut-être levé, a arpenté la pièce de long en large pendant un moment, mais dans l'ensemble il devait se sentir assez calme, sachant qu'il n'était pas question pour lui d'aider Violet, quelle que soit son insistance.

Mon père ne se donnait pas beaucoup de mal pour les autres, comme on sait, et là, on ne lui demandait pas n'importe quoi.

Si vous oubliez les anniversaires de naissance et

ceux de mariage, si vous n'emmenez jamais vos enfants à l'école, au zoo, au planétarium, si prendre quelqu'un dans votre voiture pour le déposer à la gare est pour vous un dérangement majeur, alors le suicide assisté est hors de question.

Lui demander un tel service, c'était aller beaucoup trop loin.

Et si Violet lui avait fait changer d'avis ?

Ce n'est pas impossible.

Comment s'y prend-on dans un cas semblable, pour arriver à convaincre quelqu'un de vous tuer ?

Il faut être très persuasif.

Le harcèlement, l'acharnement, l'insistance n'auraient jamais marché. Mon père était réfractaire à ces méthodes.

Faire appel à ce qu'il y avait de meilleur en lui aurait été aussi difficile que chercher une aiguille dans une botte de foin. Mon père n'était pas un bon samaritain. Alors, comment Violet pouvait-elle le convaincre ?

Lui avait-elle prouvé sans aucun doute possible qu'elle n'avait pas de raison de vivre ?

Je veux dire, lui avait-elle vraiment expliqué pourquoi elle voulait mourir ? Elle avait dû le faire.

Peut-être souffrait-elle de quelque chose qui allait

la tuer de toute façon, comme un cancer, une maladie de cœur, de Parkinson, ou l'ennui. Peut-être était-elle lasse de vivre seule, avec son fils imaginaire, ses disques, et ses mains qui faiblissaient. Peut-être lui avait-elle promis un bon petit héritage.

Cette hypothèse fonctionne, parce qu'elle explique le financement de la disparition de mon père. S'il avait réellement eu l'intention de partir, une récompense en espèces était la meilleure carotte qu'elle pouvait lui offrir.

Il y a encore une chose que je sais.

Moins d'un an après cet enregistrement, Violet est morte. Je ne sais pas exactement comment – j'espère tranquillement, dans son sommeil. Et mon père a pris le large juste après. Ça ne peut quand même pas être une coïncidence, non ?

Alors, peut-être a-t-il vraiment accepté. Peut-être est-ce mon père qui a aidé Violet à mourir. Et si c'est le cas, je me demande comment il s'y est pris.

Il fallait être très vigilant, parce que ça ne doit évidemment pas avoir l'air d'être un crime, ni même d'un suicide assisté, à moins de vivre aux Pays-Bas, ou peut-être dans certaines parties de la Scandinavie.

C'était probablement une overdose, des somnifères et de l'alcool, ou des sédatifs.

Mais alors, pourquoi Violet aurait-elle eu besoin de mon père, puisqu'elle pouvait se débrouiller toute seule ?

Elle voulait sans doute qu'il lui tienne la main pendant qu'elle s'éteignait, ou être sûre d'être vraiment morte avant qu'il appelle quelqu'un, pour ne pas être brutalement arrachée au tunnel ouvrant sur la lumière.

J'imagine qu'elle avait peur, et qu'elle voulait quelqu'un à qui parler, ou qui soit là au cas où elle changerait d'avis à la dernière minute. Parce que ça doit être terrible de changer d'avis au milieu, pendant qu'on se suicide, sans ne plus pouvoir rien y faire. Je préfère ne pas y penser.

Peut-être avait-elle pris des cachets, et l'avait-il étouffée pour hâter un peu les choses. Une fois qu'on a commencé, l'attente doit être insupportable.

Je meurs d'envie de savoir s'il l'a vraiment tuée.

Mais il a probablement dit non, et l'a laissée se débrouiller.

XXVI

Entre le temps que je passais à m'occuper de Martha, à me concentrer sur l'histoire de Pete et Violet sans en parler à personne, et à essayer d'être plus gentil avec mam, je perdis Bob de vue pendant une quinzaine de jours.

Peut-être aussi que je l'évitais. Parce que je savais que je devais y aller pour découvrir ce qu'il savait.

Et pour m'excuser de ce qui s'était passé.

Dès que je le vis, il m'apparut évident que Bob était au courant de beaucoup de choses. Il n'arrivait pas à me regarder en face. En plus, il avait une mine épouvantable, comme s'il n'avait pas dormi depuis la dernière fois que je l'avais rencontré, ce qui s'avéra d'ailleurs être le cas. Il était tout chiffonné, tenait à peine debout, se grattait le derrière dans un vieux pantalon de pyjama, et je me rendis compte qu'il avait bu.

Bob ne buvait plus depuis des années. Depuis que sa vie s'était brisée, et qu'il en avait recollé les morceaux. C'était une sacrée affaire pour Bob, de ne pas boire.

– Qu'est-ce qui se passe ? demandai-je, effrayé comme un petit garçon.

Bob ne dit pas un mot. Il rentra simplement dans la maison en laissant la porte d'entrée ouverte.

Il tituba vers la gauche tout au long du couloir, en se cognant contre le mur. Je le suivis en me demandant : est-ce que c'est moi qui ai fait ça ?

– Pas ta faute, me souffla Bob au visage, devant la porte du séjour.

Il sentait l'alcool.

– Tu es sûr ?

– Non, c'est pas ta faute, grogna-t-il, en ouvrant la porte d'un coup d'épaule.

C'était encombré d'objets (manteaux, des piles de manteaux et de couvertures sur le sol), et il fallut zigzaguer entre tout ce bric-à-brac pour se frayer un petit passage. L'appartement était dans un état effroyable. On aurait dit que Bob avait vidé chaque placard, tiroir, étagère par terre, qu'il avait tout mis en tas, et qu'il s'était roulé dedans.

– Bon Dieu, Bob, mais qu'est-ce que tu as fait ?

– Je cherchais quelque chose, dit-il, en plissant les yeux jusqu'à les fermer, puis il haussa les épaules. Pas retrouvé.

– Qu'est-ce que tu cherchais ? Un endroit où s'asseoir ? lui demandai-je parce que c'était ce que j'étais en train de faire.

– Oh, assieds-toi par terre, là où tu es, me répondit Bob avec un geste vague, l'air las.

Je m'assis donc, en poussant du pied un couvercle de machine à écrire, une banane qui avait atterri là, et quelques slips. Mais je me relevai aussitôt, parce que le sol était humide.

– Pourquoi est-ce que tu bois, Bob ? Qu'est-ce qui s'est passé ?

Puis je m'interrompis en voyant quelque chose de familier par la fenêtre – une boîte débordant de papiers, un emballage de lessive liquide que mam avait sorti de la voiture et jeté à la décharge. Je parcourus la pièce du regard, en tournant lentement sur moi-même, pour tout voir. Il y avait d'autres choses, d'autres boîtes, dont la plupart n'étaient pas ouvertes, des tas de bloc-notes, de magazines, et toutes sortes de trucs : les affaires de papa.

Pas tout ce dont nous nous étions débarrassés, et de loin, mais quand même une bonne partie.

Bob fouillait dedans, à la recherche de quelque chose.

– Bob, qu'est-ce que…

– Je n'ai pas réussi à la retrouver, dit-il, et il pleurait, en secouant la tête, le visage caché dans sa barbe.

– J'ai fait cinq allers-retours jusqu'à cet endroit paumé, à pied, en portant et en rapportant tout ce fatras, et je n'ai pas été foutu de la trouver.

Je lui demandai ce qu'il cherchait, mais je n'arrivai pas à tirer de lui quoi que ce soit de compréhensible. Il se contentait de sangloter, de secouer la tête, debout au milieu de son appartement saccagé, comme si les choses lui avaient échappé, bien au-delà de ce qu'il pouvait ou ne pouvait pas retrouver.

Puis Bob remplit deux grands verres, et en poussa un vers moi.

– Bois encore ! dit-il. Bois !

Je ne voulais pas, mais Bob but le sien d'un trait et s'en versa un autre.

Puis il me fixa de ses yeux vitreux, et reprit :

– Tu ne ressembles pas du tout à ton père.

Je lui demandai ce qu'il entendait par là.

– Pete était mon meilleur ami, et je l'aimais, mais c'était un homme mauvais, répondit Bob.

Ces mots restèrent suspendus entre nous, ces mots

d'« homme mauvais » qui nous déplaisaient à tous les deux, même si chacun de nous avait des raisons de penser que c'était vrai.

– Tu vas me dire ce que tu cherchais ? insistai-je.

Bob refusa de me donner une réponse.

– Ça m'a tellement pesé de le savoir, depuis tout ce temps, soupira-t-il.

– Tu sais où il se trouve ?

Il n'aurait plus manqué qu'il ait toujours su où était mon père, et qu'il ne me l'ait jamais dit.

– Bien sûr que non ! s'exclama Bob. Tu crois que je te l'aurais caché ?

– Je ne sais pas, Bob, dis-je, sentant la colère monter en moi. Qu'est-ce que tu me caches ?

Bob me regarda d'un air absent pendant une minute. Il vida de nouveau son verre et s'en versa un autre.

– Je sais quelque chose sur ton père. Quelque chose qu'il a fait.

– Quelque chose qu'il a fait ? murmurai-je, comme un écho stupide.

Je déteste ça, quand ce sont les autres qui répètent bêtement.

– Ouais, dit Bob. Et nous nous sommes disputés.

– Qu'est-ce qu'il a fait ?

– Il m'assurait que ce n'était pas vrai, mais il mentait.

– À quel sujet ?

– Violet.

Je crus que j'allais vomir.

– Violet ?

Bob acquiesça d'un signe de tête.

– Violet Park. La femme dans l'urne que tu as planquée chez moi sans me demander mon avis.

Je m'excusai.

Bob me regarda, et demanda :

– Alors, c'était vraiment elle, dans mon armoire ?

– Oui, fis-je, puis je me forçai à lui demander :

– Elle était vivante ou morte quand vous vous êtes disputés à cause d'elle, papa et toi ?

– Elle était morte depuis trois jours, répondit Bob. C'est ton père qui l'a trouvée.

J'en eus la chair de poule. Mon estomac se souleva. Mon père l'avait trouvée. Il était donc présent sur la scène du crime.

– Il l'a trouvée ? Comment ?

– Chez elle. Sans vie, chez elle, fit Bob et haussa les épaules.

– Mon Dieu ! Comment Violet est-elle morte ? De vieillesse ?

– Overdose, dit-il, en fixant le sol.

Bob semblait au bord d'un précipice.

Je ne sais pas exactement ce qui se passe dans le corps quand on a une montée d'adrénaline. Le cœur bat très fort, ça, j'en suis sûr, et on a l'impression que le sang se retire de tous les autres endroits, comme le cerveau, les yeux, les doigts.

– Elle s'est suicidée, alors ?

Bob haussa les épaules. Puis il fit non de la tête. Il évitait de me regarder.

– Le fait est, dit-il, d'une voix assourdie par les larmes, que ton père m'a menti.

– Comment ça, menti ? Sur quoi ?

– Il m'a raconté qu'il était resté chez lui pour s'occuper de toi. Tu avais la varicelle. Mais Nicky était furieuse parce qu'il n'était pas rentré, qu'elle ne l'avait pas vu, et…

– Je m'en souviens, de la varicelle, le coupai-je.

Je me rappelle mam qui me mettait du talc pour m'empêcher de me gratter, et je me rappelle que j'avais encore des croûtes quand je me suis aperçu que je n'avais plus de père.

– Qu'est-ce que tu en sais ? repris-je. Comment sais-tu que papa n'était pas là ? Comment sais-tu qu'il ne s'occupait pas de moi ?

– Allons, Lucas ! réagit Bob, et je devinai ce qu'il pensait.

Mon père ne s'était jamais occupé de moi plus de cinq minutes quand j'étais malade. Tous ceux qui le connaissaient comprendraient que c'était un alibi merdique. J'aurais eu beaucoup de choses à dire. Mais je ne le fis pas.

– Violet Park a changé son testament et a tout légué à ton père, reprit Bob.

– Est-ce qu'il était au courant ? Il ne le savait peut-être pas.

– Il le savait. Nous en avions parlé. Il me l'avait dit.

– Qu'est-ce qu'il t'avait dit ?

– *Quand la vieille fille s'en ira, je serai riche comme Crésus*, répondit Bob en me lançant un regard dur.

Je fermai les yeux et essayai de réfléchir.

– Est-ce que tu l'accuses de l'avoir assassinée ? demandai-je, assez stupéfait par le culot de Bob.

– Lucas, j'ai vu Violet le jour de sa mort, et elle était heureuse.

– Et alors ? Elle était peut-être heureuse parce qu'elle avait décidé de mourir ce jour-là.

Bob me regarda fixement.

– C'est exactement ce que ton père m'a dit.

Je me concentrai sur le reflet de la pièce dans la

fenêtre. Je suivis des yeux les motifs du tapis. Je ne voulais surtout pas regarder Bob. S'il ne s'était pas disputé avec mon père, s'il avait gardé le silence, mon père serait-il encore là ?

– Je connaissais Violet, insista-t-il. Elle ne se serait pas tuée. Elle aimait la vie.

– Je connaissais papa, rétorquai-je. Il ne se serait pas enfui. Il nous aimait.

Bob ne répondit pas.

Et quand je levai enfin les yeux vers lui, il s'était endormi comme une masse, ivre mort.

Je n'allai nulle part pendant qu'il dormait. Je ne fis pas grand-chose.

Je restai assis dans la crasse, à réfléchir.

Je savais, bien sûr, grâce à la cassette, que Violet voulait mourir. Bob ne disposait que de la moitié des éléments, et je devais lui fournir les autres. Mais au début, j'hésitai à me donner ce mal. Je lui en voulais tellement de s'être trompé, et peut-être d'avoir ainsi poussé papa à s'en aller ! Ne rien lui révéler me paraissait être une punition méritée, mais je changeai rapidement d'avis.

Je savais bien que ce n'était pas la faute de Bob.

Je savais que mon père n'était pas un homme bon.

Il y a un bout de temps que cette idée me tournait dans la tête, et que je faisais tout pour l'ignorer.

Elle me rendait malade.

Mais en réalité, je n'avais pas le choix.

C'est ce qui arrive quand on grandit, apparemment, on affronte des choses qu'on préférerait éviter, et on accepte le fait que les gens ne sont pas, et de loin, tels qu'on se les était imaginés.

Mon père n'était pas du tout celui que j'avais cru qu'il était pendant toutes ces années.

Et si aujourd'hui je m'en rendais compte, ce n'était pas à cause de l'opinion que Bob, Jed, Norman, mam, avaient de lui. Ni même à cause de Violet.

Tout venait de moi, de mes doutes, de mes mauvaises pensées.

La voix dans ma tête était ma voix, je ne pouvais donc pas lui échapper.

Et cette voix disait ce que je savais depuis longtemps. Elle me disait que j'avais toutes les preuves dont j'avais besoin.

Peut-être avait-il tué Violet, ou peut-être pas. Je n'en savais rien.

Et c'est là le point crucial.

La preuve que j'avais était la raison même pour laquelle je ne pouvais être certain de rien de ce que je racontais sur lui, celle pour laquelle il avait échappé à toutes les critiques, à tous les jugements que j'avais portés sur ma mère ces dernières années, la raison pour laquelle je l'avais installé sur une estrade avec les saints et les intouchables.

Il n'était pas là.

Et alors que je n'avais pas encore abandonné tout espoir qu'il soit mort dans un étrange accident, qu'il ait été kidnappé par des extraterrestres, qu'il ait été enfermé par erreur dans un asile, ou qu'il soit couché quelque part dans un hôpital, en essayant de retrouver la mémoire, je commençais à comprendre que selon toute probabilité, mon père s'était tiré tout simplement parce qu'il en avait eu envie. Violet ou pas, il ne supportait plus de perdre son temps avec nous. Il en avait eu assez. Et par la même occasion, il s'était tiré d'affaire.

Oui, mon père était décontracté, intelligent, drôle, et beau, il ne faisait jamais une faute de goût, et était photogénique, mais ça ne suffit pas.

Je m'en voulais d'avoir mis si longtemps à m'en apercevoir. Je pensai à mam et à Bob, au mal qu'ils avaient dû se donner pour rester calmes pendant que je le transformais en héros, au nombre de fois où ils avaient dû se taper la tête contre les murs pendant que je me promenais dans ses costumes, écoutais sa musique, et le présentais comme quelqu'un d'irréprochable.

Je l'avais fait parce que je l'aimais.

Et je me demandai, est-ce que Violet est revenue pour ça, pour me montrer qui était mon père ?

Attendait-elle au purgatoire pour révéler qui il était vraiment ?

Et que penser de mon père, si son meilleur ami l'avait cru capable de meurtre ?

Pas grand-chose de bon.

Finalement, je réveillai Bob et commençai à lui parler.

– J'ai trouvé Violet dans les bureaux d'une compagnie de taxis. Je n'imaginais pas qu'elle ait pu avoir le moindre rapport avec papa quand je l'ai trouvée. Je voulais simplement l'emmener ailleurs, dans un endroit plus agréable. Ensuite, je me suis aperçu que tout le monde semblait savoir qui elle était – toi, Norman, Jed, la dentiste. Elle n'arrêtait pas de surgir de partout, comme pour attirer mon attention, pour me dire quelque chose, que je n'arrivais pas à comprendre. Puis j'ai trouvé une cassette avec son nom dessus, et je l'ai gardée. Une cassette qui n'est donc jamais arrivée jusqu'à la décharge.

Bob leva les yeux vers moi.

– C'est l'enregistrement d'une conversation entre Violet et papa, repris-je. C'est elle qui lui a demandé, Bob. À la fin de la bande, elle dit : *Je vous demande de m'aider à mourir.*

Bob enfouit alors sa tête dans ses mains, et se mit à pleurer.

Je ne savais plus où j'en étais.

Je ne savais plus que penser, ni même ce que je ressentais. Est-ce que c'était mieux ou pire qu'avant ?

XXVII

Si j'avais été un vrai détective de la vieille école, ou si j'avais gardé ma panoplie du parfait petit détective, j'aurais relevé les empreintes sur l'urne de Violet. Il y avait huit séries d'empreintes, car huit personnes l'avaient tenue entre leurs mains depuis sa mort.

- Moi,
- Martha,
- Pansy (qui l'avait probablement déplacée en faisant le ménage),
- Norman (peut-être en croyant que c'était Pansy),
- Mr Soprano, du bureau de la compagnie de taxis,
- Jawad Saddaoui, l'ingénieur en génie civil originaire du Maroc, chauffeur du taxi dans lequel Violet avait été abandonnée,

- Mr Francis Macauley du crématorium de Golders Green,
- Pete Swain, journaliste disparu, ange de miséricorde, et mon père.

Au moins, il avait eu la décence d'organiser ses obsèques. Si on pouvait parler d'organisation, car Bob et lui étaient les seuls présents. Bob dit qu'ils avaient suivi le corps jusqu'à Golders Green, puis qu'ils s'étaient soûlés à mort dans un pub, au coin de la rue. Mon père était allé chercher les cendres de Violet le lendemain du jour où il s'était disputé avec Bob. C'est écrit sur le registre du crématorium. J'ai vérifié. C'était donc mon père qui avait laissé les cendres de Violet à l'arrière d'un taxi, et qui avait disparu, l'abandonnant en même temps qu'il abandonnait sa femme, sa fille et ses deux fils (dont l'un n'était pas encore né), ainsi que son meilleur ami.

J'ai décidé qu'on pouvait voir les choses de deux façons :

1. Violet a demandé à mon père de l'aider à mourir, et elle lui a brisé le cœur. Il a refusé, mais elle l'a persuadé que c'était ce qu'elle désirait, que sans lui, elle devrait le faire seule.

Il l'a aidée parce qu'il tenait à elle, et cette épreuve l'a mené à un point de rupture. Puis son meilleur ami l'a accusé d'assassinat, et il s'est rendu compte que personne ne le croirait, qu'il pourrait finir en prison pour l'avoir aidée. Alors il a craqué, il s'est senti obligé de fuir, de partir loin de tout, loin de nous. On a entendu parler de gens qui l'ont fait pour moins que ça. En d'autres mots, c'était quelqu'un de bien qui a fait quelque chose de courageux, de désintéressé, et qui n'a pas pu en supporter les conséquences.

2. Aider Violet à mourir était son ticket de sortie qui lui permettait de s'en aller d'ici – aidez une vieille dame, et vous gagnerez une nouvelle vie. Mon père ne l'a pas fait pour Violet, il se fichait complètement d'elle, en réalité. Il l'a fait en échange de ce qu'elle lui avait promis (suffisamment d'argent pour se fabriquer une nouvelle identité), sans que sa conscience ne s'en émeuve le moins du monde.
Il apparaît alors comme un homme égoïste et intéressé, impitoyable, à la limite de l'inadapté social.

Je ne peux pas me décider pour l'une de ces hypothèses plutôt que pour l'autre, ni pour les zones grises qui sont entre les deux, et finalement, je ne crois pas que ça ait beaucoup d'importance.

Il a fait ce qu'il a fait. Elle a obtenu ce qu'elle voulait. Il est parti. Voilà ce qui compte.

XXVIII

Violet attendait, quand je suis rentré de chez Bob. Il devait être environ 4 heures du matin, je me suis faufilé dans la maison sans faire trop de bruit dans l'escalier, en retenant même ma respiration qui me semblait trop bruyante, puis j'ai fermé la porte à clé derrière moi, et j'ai sorti l'urne de sous mon lit. Elle était si belle ! Le grain du bois était serré, doucement poli, clair, et doux au toucher. Mon père avait-il pensé la même chose lorsqu'il l'avait choisie ? Ou avait-il pris ce qu'il y avait de moins cher dans un catalogue, sans jamais remarquer comme elle brillait ?

Je me suis assis par terre en la tenant, tandis que les oiseaux s'éveillaient, que le ciel prenait une teinte grise détrempée, que les gens montaient dans leur voiture et essayaient de la faire démarrer.

Si Violet avait passé cinq ans dans cette urne, c'était pour une raison. Au début, je m'étais demandé pourquoi elle m'avait choisi pour l'aider, et ce qu'elle voulait. J'avais pensé qu'il pouvait s'agir de ses funérailles, de son testament, de lui trouver un bon endroit où reposer. J'avais cru qu'elle voulait que je résolve un problème pour elle. Je n'avais pas compris que c'était elle qui faisait quelque chose pour moi. Je n'aurais pas imaginé une seconde qu'elle me conduirait vers mon père.

J'étais désolé qu'elle en ait eu assez de vivre.

Je l'ai serrée contre moi dans son récipient en bois si fin, si froid, et j'aurais voulu l'avoir connue du temps où elle était encore en vie.

Nous avons dispersé ses cendres dans la Tamise. Je me souvenais de ce qu'elle avait dit sur la cassette, que lorsqu'elle avait le mal du pays, elle imaginait que l'eau coulait jusqu'à chez elle, et je pensai qu'ainsi, elle pourrait rentrer en Australie si elle le désirait, ou aller n'importe où ailleurs au gré de ses envies.

Le vent rabattit la plupart de ses cendres sur notre visage, à Martha, Bob, et moi. Nous avons pris un taxi jusqu'au pont de Westminster, derrière une voiture pleine d'ouvriers du bâtiment. Leurs casques, posés sur la lunette arrière, ressemblaient à des œufs nichés là, sautillant tous ensemble à chaque cahot.

En rentrant à la maison, je me suis senti triste,

fatigué, vidé, comme si elle venait tout juste de mourir. L'urne était si différente sans elle à l'intérieur !

J'espère que Violet repose là où elle le voulait. J'espère qu'elle a trouvé ce pourquoi elle était revenue.

J'espère avoir pu l'aider un peu, quand j'ai ouvert la porte de cette compagnie de taxis dans un état second.

Voilà pourquoi, je pense, il fallait que je raconte tout ça à quelqu'un, pourquoi il fallait que je l'écrive.

Je voulais ajouter quelque chose à ce qu'elle avait laissé derrière elle – quelques films, un portrait, une planche contact et une cassette.

Violet a changé ma vie, et je voulais empêcher que la sienne ne se réduise à rien.

XXIX

Bob a dit quelque chose, l'autre jour.

Il a dit que si mon père l'avait fait pour de l'argent, je pouvais me consoler en sachant que finalement Violet ne lui avait pas tout laissé.

Je lui ai demandé quelque chose comme: « Qu'est-ce que tu entends par là ? » ou « Comment le sais-tu ? » et j'ai repensé au portrait qu'elle avait légué à la dentiste, parce que ça, c'était dans son testament.

Bob m'a expliqué qu'un mois après son décès environ, il avait lu une notice nécrologique sur elle, un long article flatteur écrit par un bibliothécaire du département de musicologie de l'université de York. D'après cette nécrologie, Violet avait pour descendance un fils unique qui avait hérité de tous ses biens, y compris de ses maisons en Australie, en Nouvelle-Zélande, à Londres et aux États-Unis.

– Elle n'avait pas de fils, me suis-je étonné.

– Si, elle en avait un, a répliqué Bob, et je me souviens de son nom parce qu'il n'est pas courant. Il s'appelait Orlando.

Je me sentis malade de rage et d'excitation, parce que je savais que Violet avait inventé l'existence d'Orlando Park. J'étais au courant grâce à la cassette, et mon père l'était aussi.

Soudain, après l'avoir aimé, après avoir veillé sur le vide qu'il avait laissé en nous, après avoir essayé de grandir sans lui, je savais où était mon père.

Et je savais qu'il n'était pas mort, le salaud.

Il était riche à crever, vivant au soleil de l'argent de Violet.

Je suis allé dans ma chambre, j'ai donné un violent coup de poing dans le mur, mais je n'ai pas pleuré. Je me sentais bizarrement heureux. Furieusement heureux.

Alors j'ai fait un truc dont je n'ai parlé à personne. Ni à Bob, ni à Martha, et encore moins à ma mère. Je ne peux pas savoir si c'est le début ou la fin de quelque chose, et j'essaie de m'empêcher d'y penser. C'est fait maintenant, et je vais attendre de voir ce qui se passe avant d'en parler à qui que ce soit.

J'ai envoyé un paquet à Orlando Park, à Violet Farm, Turungakuma, Île du Sud, Nouvelle-Zélande.

J'ai trouvé son adresse sur Internet. Orlando Park y était déjà la première fois, quand j'avais cherché Violet. Je l'avais complètement négligé.

Je lui ai envoyé l'urne vide de Violet, celle qu'il avait prise au crématorium et qu'il avait abandonnée sur la banquette arrière d'un taxi.

J'ai collé un petit billet dessus, de l'autre côté de l'urne par rapport à l'endroit où figure le nom de Violet. Un billet sur lequel j'ai écrit :

PETE SWAIN
1958-2002
QU'IL REPOSE EN PAIX

Qui sait si j'aurai jamais une réponse ? C'est peu probable.

Grâce à Violet, c'est mille fois moins important pour moi que ça ne l'aurait été auparavant.

Merci merci merci à :

Véronique Baxter
Stella Paskins
Gillie Russell
Jane Griffiths
Belinda Hollyer
Pat et Chris Cutforth
et à la merveilleuse Lauren P.